Fate/Zero

5

命运零点

人民文学出版社
PEOPLE'S LITERATURE PUBLISHING HOUSE

著作权合同登记号：图字 01–2021–5190

《Fate／Zero(5) 闇の胎動》

© Gen Urobuchi 2011
All rights reserved.
Original Japanese edition published by SEIKAISHA Co., LTD.
Simplified Chinese publishing rights arranged with SEIKAISHA Co., LTD.
through KODANSHA LTD., Tokyo and KODANSHA BEIJING CULTURE LTD.
Beijing, China.

图书在版编目（CIP）数据

命运零点. 5 / (日) 虚渊玄著 ; 刘正仑译. —— 北
京：人民文学出版社, 2017（2021.10 重印）
　ISBN 978–7–02–013402–1

　Ⅰ.①命… Ⅱ.①虚… ②刘… Ⅲ.①长篇小说 – 日
本 – 现代 Ⅳ.①I313.45

中国版本图书馆CIP数据核字(2017)第243762号

责任编辑　朱卫净　　李　　殷
装帧设计　汪佳诗

出版发行　人民文学出版社
社　　址　北京市朝内大街166号
邮政编码　100705

印　　制　凸版艺彩（东莞）印刷有限公司
经　　销　全国新华书店等

字　　数　110千字
开　　本　890毫米×1240毫米　1/32
印　　张　5.875
版　　次　2018年1月北京第1版
印　　次　2021年10月第6次印刷

书　　号　978-7-02-013402-1
定　　价　45.00元

如有印装质量问题，请与本社图书销售中心调换。电话：010-65233595

In the battleground, there is no place for hope. What lies there is just cold despair and a sin called victory, built on the pain of the defeated.

The world as is, the human nature as always, it is impossible to eliminate the battles. In the end, killing is necessary evil—and if so, it is best to end them in the best efficiency and at the least cost, least time. Call it not foul nor nasty. Justice cannot save the world. It is useless.

卫宫切嗣
艾因兹柏恩家雇佣的"魔术师杀手"

言峰绮礼
猎杀异端的圣堂教会代行者

远坂时臣
以到达"根源"为毕生夙愿的魔术师名门远坂家的现任家主

间桐雁夜
放弃家主继承权而逃离间桐家的男人

爱莉斯菲尔·冯·艾因兹柏恩（Irisviel von Einzbern）
艾因兹柏恩家炼制的人造人，卫宫切嗣的发妻

伊莉雅斯菲尔·冯·艾因兹柏恩（Illyasviel von Einzbern）
卫宫切嗣与爱莉斯菲尔的女儿

韦伯·菲尔维特（Waver Velvet）
隶属于"时钟塔"的实习魔术师，为夺取导师的圣遗物挑战圣杯战争

Saber
骑士王。真实身分是亚瑟·潘德拉贡（Arthur Pendragon）

Archer
英雄王。人类史上最古老的英灵吉尔伽美什（Gilgamesh）在现实世界降临的形体

Rider
征服王。在古代世界独霸一方，古代马其顿王国的伊斯坎达尔王（Iskandar），期望能亲眼看到"世界尽头之海"（Okeanos）

Berserker
"狂暴化"的神秘英灵

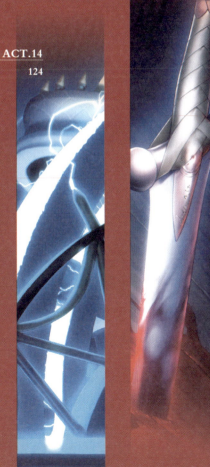

−65：49：08

间桐雁夜身处在漆黑的梦境当中。

什么都看不见，什么都听不到。

只有肌肤感觉到密度极高的黑暗所形成的重量。

这里是哪里——就在他这么问时，他突然察觉——

这儿哪里都不是，而是某人的内部。

所以间桐雁夜对着黑暗问道——你是谁。

沉重无比的黑暗压力发出隆隆闷响，如同风啸低吼，裂地沉鸣。

我乃是——

为人厌憎者——

为人嘲讽者——

为人轻蔑者——

黑暗中有一道特别浓密厚重的涡状黑影蠢动着化成人型。

隐没在黑暗中的铠甲与面罩，还有一对比黑暗更让人感到恐惧的，发出炯炯精光的眼眸。

Berserker——这是间桐雁夜心中诅咒的具体形象。不，这是他的憎恨由时空彼端召唤来的从灵。

吾名不值赞歌之传颂——

吾身不值众人之景仰——

我乃是英灵光辉所诞生的影子——

光荣传说背后衍生的黑暗——

充满仇怨的悲声仿佛是地底下窜出的瘴气，从四面八方笼罩雁夜。

这恐怖的光景让雁夜忍不住想要移开视线，突然有一只冰冷的钢铁笼手向他伸过来，紧紧抓住雁夜的衣领。

雁夜瘦弱无力的身躯就这样被吊上半空中，固定在Berserker的眼前——只能直视那双疯狂眼神的位置。

因此——

我憎恨一切——

我怨怼一切——

我以所有沉没于黑暗之人的哀号为食，诅咒那些光辉灿烂的人——

……

雁夜发出痛苦呻吟，抵抗那只狠狠紧扣自己喉头的笼手。在他的视线当中，又有不同的光景朦朦胧胧地出现。

一柄闪耀的光之剑，还有一名握着剑柄的俊美年轻战士。

雁夜见过那个人，她就是艾因兹柏恩家率领的剑士从灵——

那名贵人就是我的耻辱——

因其荣耀永垂不朽，我也永远受人蔑视——

黑衣骑士的头盔碎裂。

露出的面容还是被抹成一团漆黑，但是雁夜可以清楚看见在那双燃烧如烈火般的眼眸之下露出一口因为饥饿而打颤的乱齿。

你就是祭品——

Berserker冷酷地说完后，用一股雁夜无法抗拒的强悍力道把他抱过来，一嘴尖锐的利牙咬破雁夜的颈动脉。

雁夜痛得大声哀号。

但是疯狂的黑骑士丝毫不理会雁夜凄厉的惨叫声，啜饮雁夜咽喉溢出的血沫，咕噜咕噜地吞咽下肚。

来吧，再多给我一些——
你的生命、你的血肉——
为了驱动我的憎恨——！

不要……
放过我……
救救我！

就算雁夜用尽所有话语告饶求救，但是在这片黑暗中怎么可能会有救赎。

血液被无情地吸走。

雁夜眼前一阵红光闪烁，思绪被痛苦与恐惧打乱，逐渐失去脉络。

即使如此，雁夜在最后还是挤出所有力气再一次嘶声呐喊。

× ×

——雁夜惨叫着醒过来，眼前仍然是一片漆黑。

虽然伸手不见五指，但是周围寒冷的潮湿空气、酸腐的臭味以及成千上万只虫子到处爬动的恶心声音，所有的一切告诉雁夜这是真正的现实世界。

……

对间桐雁夜来说，刚才的噩梦与现在的现实究竟哪一边才是比较美好的世界呢？

或许噩梦世界反而比较幸福吧，至少他不会意识到这身濒死的臭皮囊。

雁夜受到烈火焚身，从屋顶上坠楼。光凭他的记忆实在不明白是什么奇迹救了自己，让自己像这样再次活着回到间桐家的地下虫仓。

虽然手脚几乎没了知觉，但是雁夜知道自己被手铐铐着，吊在墙壁上。因为无法用双脚站立，双肩承受了全身悬空的重量，痛得几乎脱臼。不过和虫子爬满全身的搔痒感比起来，这种疼痛算不了什么。

虫群用口颚把烧焦的皮肤咬除，露出底下粉红色的新皮。不晓得为什么，他身上的烧伤似乎正在痊愈中。

可能是刻印虫想要让雁夜这个温床尽量活久一点而产生的作用吧。但没什么用，就算勉强动用魔力让皮肤再生，雁夜体内的生命力也所剩无几了。光是轻轻地吸吐空气都能让雁夜清楚感觉到身体正逐渐磨耗殆尽。

再过不久，自己就要死了——

雁夜心中浮出这绝望念头的同时，想到的是葵与樱的面容。

雁夜发誓用自己的生命为代价拯救她们……结果却是一事无成。这份失落感与羞愧紧紧揪住雁夜的心，远比肉体所受的痛楚更加剧烈。

回忆起所爱的人们之后，接着他想起远坂时臣自信从容的表情与间桐脏砚的大笑声，把他的内心抹成一片漆黑。

"该死……"

雁夜使出所有的力气从干渴的喉头深处挤出咒骂声。

"该死……该死……该死……"

呜咽的呻吟被后来传出的愉快低笑声盖过。

一个年老又矮小的人拄着拐杖，一边驱开脚边的虫子，一边缓缓朝雁夜走来。那人正是雁夜咒骂的对象，间桐脏砚本人。

"真是的。雁夜，看看你成了什么样子。"

老魔术师把手中拐杖的杖柄伸到雁夜的下颚，用力顶起他的脸庞。雁夜已经连臭骂脏砚的力气都没有，只能用还有视力的右眼怀着憎恨与杀意恶狠狠地死盯着对方。

"别搞错了，我不是在责怪你。受了这么重的伤，亏你还能拖着一条命回来——雁夜，虽然不知道是谁救了你，不过你在这场战争中的运气似乎相当好啊。"

脏砚的心情大好，用喜悦的声音安慰"儿子"——也因此他笑开怀的模样看起来无比邪恶。

"已经有三名从灵被消灭，还剩下四人。老实说，我没想到你竟然能撑到现在。我在这场赌局中说不定抽到了一匹黑马，不该随随便便放弃啊。"

脏砚说完之后闭上嘴，刻意卖了一段关子之后才继续说道："或许这时候再增加一点筹码也不错。雁夜，我要把为了这重要时刻而秘藏的王牌交给你。来吧——"

雁夜的喉头受到杖柄一挤，忍不住开口咳嗽。在他张口的那一瞬间，某样东西像老鼠一般灵巧地从脏砚的手杖爬上来，钻进雁夜的口中。

"嘎、呜！"

惊骇与痛苦让雁夜闷声挣扎，想要把侵入体内的虫子吐出来已经来不及了。虫子从喉咙猛钻进食道，终于进入雁夜痉挛的肚腹中。

过了不久——传来一阵猛烈的灼热感，就像腹部里有一把熨铁插入，从雁夜的内侧烧灼他的身躯。

"呜啊啊啊啊啊……嘎啊啊啊！"

滚烫的灼热感痛得雁夜的身子剧烈扭动，强力的挣扎让手铐的锁链铿锵作响。他全身原本已经停顿的血液就像是发了疯似的沸腾，心跳快到心脏几乎破裂。

那是一块浓缩的魔力团块。雁夜体内所有的刻印虫立刻恢复活力，重新开始活动。爬满雁夜全身的拟似魔力回路展开前所未有的强力运作，带给雁夜有如扯断四肢般的强烈剧痛——但这也代表雁夜麻痹的四肢又有了知觉。

看到"王牌"充分发挥了效果，脏砚高声大笑。

"呵呵呵，效果非常好啊。刚才让你吞下去的淫虫就是第一只啜饮樱的纯洁的虫子。在这一年之间日以继夜慢慢吸取的少女精气滋味如何，雁夜？真是精纯的顶级魔力对吧？"

这种惨无人道的凌虐似乎让老人的嗜虐心感到很满足。老魔术师带着满脸笑容转过身，踏着悠然步伐离开，走出虫仓之前，脏砚的讥嘲还在不断折磨雁夜的双耳。

"去作战吧，雁夜，尽量燃烧从樱身上夺取的生命。如果像你这种废物有能力办到的话，就耗尽你所有的血肉去夺得圣杯吧！"

就在虫仓大门传出沉重的开闭声之后，四周再度封闭在冰冷的黑暗与虫子爬行鸣叫的噪音当中。只有雁夜独自一人压低声音抽抽噎噎地哭着。

　　微暖的午后阳光一边柔和地照在古旧仓库的外墙上，一边慢慢走过天空的正上方。

　　仓库中的空气还是一样沁凉静谧，从小天窗中照进来些许微光，让室内笼罩在有如夕阳时分的淡淡昏暗中。

　　Saber 靠墙坐在地上，默默等待某一时刻到来。

　　爱莉斯菲尔仰躺在 Saber 身旁的魔法阵里，双手交叠在胸前，仍然昏睡不醒。自从早上把爱莉斯菲尔带进这里之后，Saber 就一动也不动，一直看着她沉眠的脸庞。

　　昨天 Saber 和爱莉斯菲尔两人一起画的魔法阵究竟有没有发挥功效？

　　爱莉斯菲尔说过，对她这种人造生命体来说，在这个阵法中休息是她唯一的休养方式。两人共同设置这道魔法阵的事情感觉已经是很遥远的过去了。

　　昨天晚上真的是漫长的一夜。

　　在众人并肩作战以及有人插手阻碍的混乱状况之下，一场恶战之后终于打倒 Caster。

　　接着是和 Lancer 那场以让人痛心的方式了结的对决。

　　昨天一个晚上，圣杯战争有了很大的进展。有两名从灵被淘汰，而 Saber 在这两场战斗都扮演核心重要角色。

如果说 Saber 不觉得疲累的话那是骗人的，但是现在她更担心爱莉斯菲尔的身体状况。

昨天早上确实已经有一些征兆发生，爱莉斯菲尔说那是人造生命体的构造性缺陷，但是 Saber 怎么想都想不到昨天一天之中究竟有什么原因让她的状况如此急转直下。爱莉斯菲尔并没有受伤，也没有过度操劳。如果她是和 Saber 正式缔结契约的召主，Saber 连续战斗的疲劳或许会让魔力供应量增加而造成沉重的负担。但是现在承受这份负荷的是切嗣，而不是爱莉斯菲尔。

随着午后时间流逝，由天窗射进来的一缕幽幽日光也愈来愈斜。

终于——身躯轻动的些微气息让静止的空气产生如同涟漪般振动。

Saber 睁开双眼，看见眼前的爱莉斯菲尔一边发出难过的呻吟，一边慢慢撑起上半身。

"Saber？"

爱莉斯菲尔慵懒地拨开挂在脸上的一绺银发，用朦胧不定的眼神看着在身旁守候的 Saber。

"爱莉斯菲尔，身体感觉怎么样？"

"……嗯。好像已经没事了。"

"怎么可能没事！" Saber 几乎就要这么开口质问她，但是仔细一看，爱莉斯菲尔的气色和平时没什么两样，看起来很健康，一点都不像是刚刚还在昏睡不醒的人。

她小小地打了一个呵欠的模样，甚至像是充分休息之后正在迎接一个清爽的早晨。

"我好像让你操心了，对不起。"

"不、不会。你真的没事当然再好不过……可是……"

"嗯，我知道你想说什么，Saber。"

爱莉斯菲尔露出苦笑，用纤纤细指梳理秀丽的长发，把身上有些凌乱的衣服一一整理好。

"到这里之后我身上似乎发生了许多问题。虽然只要安静休息就没事……但是Saber，接下来我可能没办法继续在你身边协助你了。"

"爱莉斯菲尔……"

出乎Saber的预料，没想到爱莉斯菲尔竟然会这么主动干脆地说出这种话，她大感讶异。

"抱歉。你可能觉得我很没志气，但是与其成为你的绊脚石……"

"不，别这么说。我很高兴看到你愿意好好保重身子。我还在想是不是又要想尽办法说服你不要勉强自己继续打下去……"

Saber有些不好意思，口中支吾其词。爱莉斯菲尔对她露出自然的笑容。

"你不用操这种心。我们人造生命体和人类不同，很清楚自己的身体构造。如果有一辆汽车明明已经预警快要没油了，却硬是隐瞒不说的话，才是真正的故障呢。"

"……"

这种比喻虽然确实但实在很不恰当，Saber心情沉重地闭上嘴，然后她以非常认真的眼神正视爱莉斯菲尔的脸庞。

"爱莉斯菲尔，或许你的确是人造人，但我看待人造人就和一般人类一样，绝对没有什么差别，所以也请你不要刻意用这种自卑的口吻说话。"

被Saber这么当面指点，爱莉斯菲尔低下了头。

"你人真好呢，Saber。"

"每个认识你的人都会这么想的。爱莉斯菲尔，你的性格比一般人更有魅力。"

Saber说完，为了不让对话内容太过沉重，又故意用开玩笑的口气补充道："既然身为女性，身体当然会常有些不方便的状况。你好好休养，不用介意。"

听Saber这么一说，就连爱莉斯菲尔都不得不羞涩地露出苦笑了。

"这么说的话，你也是女孩子啊，Saber——以前必须要一直装扮成男性的时候一定……很不方便吧？"

"不，关于这个嘛——"

爱莉斯菲尔重新展露笑容让Saber很高兴，口气也轻松了起来："你可能不知道，我生前一直受到某件宝具的保护。别说百病不侵，就连年纪增长都停止了。我的身体从来不会有任何不方便。就算过了十年，外貌还是你现在看到的这副模样。"

"……"

这时候Saber察觉爱莉斯菲尔又露出哀伤的表情，赶紧住口。

虽然她不知道这个平淡无奇的话题为什么会让对方不愉快，她只能猜测爱莉斯菲尔现在的心情不太好，不能随随便便和她开玩笑。

"总而言之，爱莉斯菲尔，你没有什么好担心的。你的支援的确对我非常有帮助，但是现在的敌人数量也所剩不多了，就算只有我一个人，也能继续打下去。"

"Saber，要是你真的是'单独一人'，我也不会这么操心了。"

当Saber领会这句话背后隐含的意义时，她同样感到心情沉重，说不出话来。

没错，她并不是孤身一人。她以剑士从灵的身分缔结契约的召主现在也还在同样的战场上。

"Saber……今后作战的时候，你还能把切嗣当作同伴吗？"

骑士王无法马上回答这个问题，光是看她这个反应就能清楚知道她心中感到多么挣扎。

"我认为如果其他召主都只是想满足自私的探索或欲望的话，圣杯应该要交到切嗣手上才正确。为了这个目的，我不介意成为协助他的武器。"

Saber压低了声音这么说，但是她还是隐藏不住心中的烦恼，双眉紧蹙。

"但是我希望成为'武器'战斗的只有我自己一个人就好，我无法再忍受切嗣用他的方式介入这场战争。"

每当Saber想起迪卢木多的末路，她就觉得一阵闷痛紧紧揪着胸口。

就算她再怎么了解切嗣是什么样的人，再怎么想要退让，但那副光景已经远远超过她的容忍范围。

"看来我今后只能打一场漂亮的战斗，让切嗣明白不用弄脏手，身为从灵的我也可以赢得胜利。剩下的从灵还有三个人，站在我的立场，我说什么都不能输给那些人。"

爱莉斯菲尔点头，除了点头之外她什么也办不到。Saber亲眼看到切嗣卑劣的行为后仍然没有丧失斗志，光是这一点就让爱莉斯菲尔非常感激了。不过另一方面，虽然Saber到现在还期待切嗣对她有最低限度的信赖，但是爱莉斯菲尔明白这是不可能的。

"骑士王"与"魔术师杀手"对"完全胜利"这句话的涵义认知

实在相差太多。

　　凭着不屈不挠的斗志，一再从逆境中站起来直到掌握胜利的意志力——

　　以及将所有造成败北的可能性全数排除的缜密心思——

　　即使双方有同样的目标，过程却完全背道而驰。

　　"……对我来说，圣杯就像我自己一样。因为打从一出生，我就一直保管着让圣杯降临的'容器'。"

　　Saber点头回答爱莉斯菲尔。

　　"这我有听说，你是负责担任'圣杯守护者'的角色。"

　　听说归听说，以往Saber虽然一天二十四小时起居都与爱莉斯菲尔在一起，她却不知道爱莉斯菲尔用什么方式把"圣杯的容器"藏在什么地方。既然彼此信任，她也觉得没必要刻意打听。Saber只要打赢所有战斗，再从爱莉斯菲尔的手上接过圣杯好了。

　　"所以无论如何我都希望能够由所爱的人收下我最重要的'宝物'。那就是我的丈夫，还有你，Saber。"

　　Saber毅然点头回应爱莉斯菲尔这番如同祈愿般的话语。

　　"我受到召唤之后就曾经发过誓，保护你赢得最后的胜利。我一定会实现这句话。"

　　"……"

　　爱莉斯菲尔只能暧昧地微微一笑，点点头。

　　她当然真心希望这位个性清廉方正的骑士王能够与切嗣共享圣杯。

　　想要完成"初始三大家"当初的目的——"根源之涡"，在打倒所有从灵之后就必须以令咒强迫Saber自尽，以七名英灵全数成为圣杯供品的形式结束这场战争。但是爱莉斯菲尔与切嗣寄托于圣杯的愿望并不是那么遥不可及的事情。

终结所有斗争行为的"世界变革"听起来好像是一种相当伟大的愿望，但是这种心愿还是不出"奇迹"的范围，实现这项愿望所带来的改变仅限于"世界的内侧"。就这一点来看，他们的愿望与到达"根源之涡"那种企图前往世界"外侧"的挑战比起来，实在简单太多了。

如果只是希望在现世成就奇迹，就不需要让古代羽斯缇萨以自身为容器而形成的大圣杯完全苏醒。只要打倒六名敌对的从灵就能提供足够的魔力实现切嗣与Saber两人的愿望。

在这场严苛的生存竞赛当中，最让爱莉斯菲尔操心的不是敌人有多强大，而是切嗣与Saber之间不和睦。

两个人的生存方式与信念天差地远，冲突在所难免。爱莉斯菲尔身处在他们两人之间，很清楚自己的职责就是尽量缓和冲突。但是现实是她已经无法继续这项工作了。

因为爱莉斯菲尔的身体已经——

"我感觉到有人接近，爱莉斯菲尔。"

Saber的表情因为警戒心转为严肃。不久之后，爱莉斯菲尔也经由张设在庭园内结界的反应探测到有人来访。

"不要紧，这股气息是舞弥小姐。"

敲了仓库门之后走进来的人的确是久宇舞弥本人。Saber看到那冰冷的美貌一如往常面无表情，有些不悦地转过头去。舞弥枪杀毫无抵抗能力的Lancer召主与他的未婚妻，就算只是忠实执行切嗣的策略，Saber还是无法接受她的冷酷无情。

不晓得舞弥知不知道Saber内心的想法，她和平时一样不打招呼也没有寒暄，一开口就直接切入正题。

“远坂时臣派来密使带来书信。夫人，信件是给您的。”

“密使？”

自从爱莉斯菲尔等人撤离之后，森林里那栋城堡已经被切嗣改造成危险的陷阱屋，用来陷害其他进来的不知情召主。监视现场的任务交由舞弥的蝙蝠负责，听舞弥说刚才有使魔带着书信出现，而非魔术师本人。

“是一只翡翠做成的鸟。听切嗣说，那好像是远坂的魔术师常用的傀儡。”

“根据我以前听过的消息的确是这样。那封信呢？”

“在这里——”

爱莉斯菲尔接过舞弥递出的信件，看了一遍。信件内容谦和有礼没有任何冗文，非常简洁。

“……意思就是他想和我们联手吧。”

爱莉斯菲尔冷哼一声，语气中微有嘲讽之意。一想到 Archer 的召主可能在打什么主意，Saber 的脸上同样充满怀疑的神情。

“到现在还来谈同盟吗？”

“远坂一定是不晓得该如何应付 Rider 和 Berserker，很不放心所以才找看起来最好应付的我们——比起其他两组，他最看不起我们啊。”

信中说如果有意回应的话，时臣今晚十二点会在冬木教会等候。

“圣堂教会的监督者从头到尾都应该贯彻中立的立场，他竟然会允许这种会谈。”

“关于这件事，听说担任监督者的神父已死，现在的圣杯战争好像没有人监督了。”

听见舞弥的说明，爱莉斯菲尔恍然大悟地点点头。

"切嗣以前说过远坂与教会有联系，这么一来也有了确切的证据。一直与他们合作的监督者死了，情急之下开始筹思其他计策了吧。"

"……爱莉斯菲尔，对方是操纵Archer的魔术师，我认为他不值得信任。"

Saber或许是回想起对那名黄金英灵的厌恶感了吧，她表情严肃地断言道。

"现在我左手上的伤已经痊愈，状况非常良好。就算不和他们结盟，单凭我一个人也可以打倒Rider和Berserker，就连Archer也不例外。"

爱莉斯菲尔点头肯定Saber的积极斗志，随后抱着手腕凝神思索。

"Saber说的没错，但是我们还可以要求他们用不同的方式让步。对方有而我们没有的东西……比方说情报。"

舞弥点头附和爱莉斯菲尔的意见。

"的确。如果远坂已经掌握Rider阵营的据点，那就值得想办法打听出来。"

"现在还是找不到Rider的据点吗？没想到那样一个小孩子竟然会让切嗣花这么大的工夫。"

"Rider与他的召主经常使用高速飞行道具现身，所以没办法从地面上跟踪。我的蝙蝠也完全跟不上他们的速度，追踪行动总是以失败收场。"

"……意思是说论藏身技巧，那孩子比艾梅罗伊爵士还要优秀吗？"

"的确让人很意外。我们监控着冬木市所有魔术师可能设置工房的地点，但只有 Rider 的召主完全不上钩。"

如同舞弥所说的，眼前最让切嗣感到头疼的是如何找出韦伯的根据地。即便切嗣熟知魔术师所有伎俩，他又怎么想得到竟然会有魔术师为了节省住宿费而寄住在毫无关系的民宅里。

"远坂家的魔术师有可能掌握这项困难的情报吗？"

Saber 还是持怀疑的态度，舞弥点头回答："远坂时臣在这次圣杯战争相当初期就已经进行了周全的准备。监督者的事情就是很好的例子。而且——"

舞弥说到这里停顿了一会儿，向爱莉斯菲尔看了一眼。默默聆听的爱莉斯菲尔似乎也和舞弥想到同一件事。

"而且远坂疑似在暗地里指使 Assassin 的召主，如果他的立场能够影响言峰绮礼的话，我认为他的邀约对我们有很重大的意义，不能轻忽。"

"言峰绮礼？"

对 Saber 来说，这是她第一次听到这个名字。但只要一看爱莉斯菲尔与舞弥的表情那么紧张，就可以明白这个人物对她们来说有很重要的意义。

"Saber，你要记着。"

爱莉斯菲尔对 Saber 说道，语气不知不觉有些严肃。

"切嗣曾经亲口这么说过，在这次圣杯战争中如果有谁能够打败切嗣获得圣杯……一定就是这个叫做言峰绮礼的男人。打从圣杯战争一开始，他就把这个男人当成天敌，严加注意。"

爱莉斯菲尔与舞弥的语气中没有透露更多，但 Saber 还是感觉到她们对言峰绮礼知之甚详，仿佛已经和他打过照面似的。

这时候 Saber 突然想起在艾因兹柏恩森林之战中，那个让撤出城堡的爱莉斯菲尔与舞弥身受重伤的神秘袭击者。

"接受他的邀约吧，"爱莉斯菲尔语气坚定地说道，"要不要与他合作暂且不论，我们必须探探远坂的底。今天晚上在冬木教会，就让我们看一看他有多少能耐吧。"

Saber 看爱莉斯菲尔意志这么坚决，自己也就没什么意见了。而且她也很在意那个叫做言峰绮礼的人，能够让切嗣称为天敌的人一定是一个必须特别注意的危险人物。

"对了，Saber，我今天来也有事要找你。"

听舞弥突然开口叫自己，让 Saber 觉得有些不解。

"找我？"

"是的。听说你已经相当熟悉如何操纵梅赛德斯奔驰，所以切嗣指示我帮你准备更适合城市巷战的移动工具。"

Saber 听到这句话，马上露出兴致勃勃的神情。

"那真是太好了。竟然有比'汽车'更适合作战的机器，真是求之不得的支援战力。"

"现在就停放在门外，请你确认一下能不能派得上用场。"

"好的，我一定要好好看看。"

舞弥目送 Saber 踩着充满期待的步伐走出仓库。虽然和平时一样绷着一张扑克脸，但她在内心中也和一般人一样对骑士王阿尔特利亚的存在感到惊讶——平时的 Saber 怎么看都只是个有些成熟懂事的娇小少女，有谁会相信这样一名小女孩竟然就是那个过去平定乱世的圣王。

舞弥鲜少会对这种与任务无关的事情感叹，就在她更稀奇地想要说几句闲话时，有某个东西倒下的声音吓了她一跳。

舞弥回头一看，刚才在魔法阵中撑起上半身坐着的爱莉斯菲尔又倒了下来。她的样子看起来很不寻常，汗水像瀑布一样从她苍白的额头上流下，苦闷的呼吸就像是风箱般急促。

"夫、夫人？……你怎么了！？"

舞弥赶紧过去抱起爱莉斯菲尔，怀中的纤细身躯热得超乎寻常。

"Saber 她……没有看见吧？"

爱莉斯菲尔开口问道，声音听起来虽然很不舒服但是不慌张。对于自己的身体突然发生异常，她似乎一点都不感到奇怪。

"夫人，你的身体究竟是……"

"呵，舞弥小姐……也会有慌张的……时候呢……看起来有点可爱……"

"你说什么傻话，现在不是开玩笑的时候。我马上去叫Saber 还有切嗣过来。请你打起精神！"

爱莉斯菲尔伸出手，轻轻按住正要起身的舞弥肩膀。

"这不是什么异常状况。这是——一定会发生的事情。对我来说，到现在还能保持'人'的机能运作才是奇迹般的幸运呢。"

舞弥察觉爱莉斯菲尔的话中有话，先让自己镇定下来。虽然还是很紧张，但是她逐渐回复了平时的冷静。

"……切嗣也知道这件事吗？"

爱莉斯菲尔点点头之后，又补充一句："但是我不想……让Saber 知道。未来还有重要的战斗等着她，我不想……让她多操心。"

舞弥深深叹口气之后，小心翼翼地让爱莉斯菲尔躺回魔法阵中。她知道对于身为人造生命体的爱莉斯菲尔来说，这是最好的休息方式。

"……我是不是不要知道太多比较好？"

"……不，舞弥小姐。我反而希望把一切都告诉你……可以吗？"

舞弥点头之后，先起身看看仓库外头，确认 Saber 不在院子后轻轻把门关上，又回到爱莉斯菲尔的身边。

"不要紧的。现在不会被 Saber 听见。"

爱莉斯菲尔点点头，让紊乱的呼吸平静下来之后，静静地开口说道："我是为了圣杯战争而设计的人造生命体……这件事你应该也知道吧？"

"是的。"

"圣杯守护者——我的使命就是保管以及搬运圣杯降灵时用来当作依附体的'容器'。事实上这种说法并不正确。在上次的圣杯战争当中，亚哈特大老爷不仅在从灵战落败，最重要的是连圣杯的'容器'都在混战中被破坏。因为在决定胜利者之前就已经丧失'容器'，所以第三次圣杯战争最终以无效收场。有了上次的反省经验，大老爷决定在这次的'容器'上装设具有自我管理能力的人型外壳。"

爱莉斯菲尔就好像在诉说一件与己无关的事情一样，语气十分平淡。是一种彻底的觉悟让她用这种口气描述自己的身体吧。

"那个外壳就是——我。为了将生存本能赋予'容器'本身，让它自动回避各种危险，完成成就圣杯的目的，大老爷在'容器'之外施加了一道名为'爱莉斯菲尔'的拟装。"

"怎么可能……那么，你……"

舞弥也并非铁石心肠，这个惊人的事实让她脸色大变。

"已经有三名从灵消灭，战局也进入了最终局面。随着战斗的进行，我的体内为了回复原本'容器'的机能，逐渐开始压迫多余的外装。今后我还会继续舍弃人类的机能，恢复为原本的'物体'。接下来我就会无法活动，在那之后——舞弥小姐，我再也无法像这样和你说话了吧。"

"……"

舞弥咬着嘴唇沉默了好一阵子后，表情严肃地提出和刚才相同的问题。

"这些事情切嗣都知道吗？他也知道你现在是什么状况？"

"是的。所以他才会把 Saber 的剑鞘交给我……'遗世独立的理想乡'……你知道它的功效吗？"

"我听说是停止衰老与无限制的治疗能力。"

"就是这种效果维持我这副外壳免于崩坏的……本来我早就已经不行了，但是现在还能继续模仿人类过日子，原因就是因为有这件宝具……不过只要和 Saber 分开，马上就会露出马脚……"

爱莉斯菲尔连坐起身子都没办法，就像躺在病榻上的绝症患者。她的模样让舞弥忍不住低下头。

就连舞弥都不难想象 Saber 在场看到的话会有什么反应。那位少女身为骑士的表率，比起自身受难，他人的苦痛更让她觉得难受。如果 Saber 知道自己想要掌握的胜利是建立在爱莉斯菲尔的牺牲之上，舞弥很怀疑她握剑时是否还能像之前那样维持坚定的意志。

"为什么要把这些事情告诉我？"

爱莉斯菲尔露出安详的微笑回答舞弥的疑问。

"久宇舞弥——因为我认为如果是你，一定不会可怜我，绝对会认同我……"

"……"

舞弥看着她的笑容一言不发，然后静静颔首。

"夫人，我一直以为你这位女性——是更遥不可及的存在。"

"你现在知道……不是这样了吧？"

"是的。"

舞弥态度坚定地点头，认同爱莉斯菲尔。

正因为她是一个生来为人，却以道具的身分活着的女性。

所以她才会认同这位生为道具，却以人类身分活着的女性的最后结局。

"就算拼上这条命——爱莉斯菲尔，我也会保护你到最后。所以请你为卫宫切嗣而死，为了实现他的理想……"

"谢谢你……"

爱莉斯菲尔伸出颤抖的手，握住舞弥的手。

−62：48：35

　　那双从他胸口处抬头仰望的黑色双眸就像是一对晶亮的宝石。

　　没错——事实正如字面上形容的一样。远坂时臣的心中再次深刻体会，这名少女就是远坂家族花了五个世代才终于获得的至宝，有如奇迹般珍贵的闪耀辉石①。

　　远坂凛。

　　脸庞虽然还年幼稚嫩，但是已经可以预见将来的出色姿容。与其说她长得像妈妈，不如说她有时臣母亲年轻时候的影子。

　　黄昏时刻，夜晚的黑暗几乎就要覆盖四周。

　　时臣走访妻子的娘家，也就是禅城家。但是他只站在门外，并不打算进门去。现在时臣的立场是争夺圣杯的其中一名召主，置身于修罗战场当中。时臣是为了保护妻女的安全才把她们送到禅城家，他绝对不能带着一身血腥进去。

　　父亲没有说明原因就把自己叫出来，凛仰望父亲的表情难掩紧张。凭着直觉，她知道父亲来访不单单只是为了探望自己，而是为了什么重要的事情。

　　时臣以为战争结束之前他都不会和凛见面，但是昨晚言峰璃正神父的死却动摇了他的决心。

　　老神父不但是时臣父亲的好友，也是时臣的监护人。对时臣

---

① "辉石"日文发音同"奇迹"。

来说，与神父缔结密约接受支援是他相信自己一定会获得胜利的一大因素。

时臣当然不会因为顿失后盾而退缩，但是他确实感觉到自己原先自信到近乎傲慢的绝对胜利之路开始笼罩着一股"如果万一"的不祥黑云。

就像那位老练而坚强的神父倒下一样——自己会不会也有可能壮志未酬身先死？

对时臣来说，昨天之前的圣杯战争就像是是赋予他胜利的仪式。

可现在仰赖的伙伴已死，时臣此时重新体会到自己是以一名竞争者的身分投身于一场徘徊于生死边缘的战斗当中。

说不定……这会是他最后一次和凛交谈？

对于这名年纪尚幼的少女，究竟应该告诉她什么才好？

"……"

凛的神情紧张地看着默不作声的父亲，等待他开口。

时臣知道女儿对自己怀抱着敬意与憧憬。

此时此刻，他对凛所说的每一句话都会决定她的未来。

不对——未来早就已经决定好了，没什么好迷惑的。凛除了成为第六代家主继承远坂家门之外，没有其他选择。

仔细一想，或许这就是时臣对女儿怀有一丝歉疚的最根本的原因。

时臣单膝跪地，弯下身子，把手放在凛的头上——凛露出意外的表情，睁大了眼睛。

看到女儿这种反应，时臣这才想起来过去他从来不曾像这样抚摸过女儿的头。

难怪凛会这么惊讶。就算是时臣自己，在摸了女儿的头之后才发觉自己不知道该用多大的力道来表达爱惜的感情。

"凛，在你长大成人之前要让协会欠你一次人情，之后的判断就交给你自己决定。是你的话，就算只有自己一个人也可以处理得很妥当吧。"

本来还在犹豫到底该说什么，可一旦开了口，话语就接二连三自动涌来。

如果考虑到"万一"的话，要说的事情实在太多了。如何处理传家之宝的宝石、来自大师父传承的事情、地下工房的管理——时臣将这些事情撷取要点，逐一交代给专心聆听的凛。

虽然时臣还没有把身上的魔术刻印传给凛，但是这些训诫实际上已经等同指定凛为远坂家的下任主人。

额外谈谈一件小事。

远坂时臣绝对不是一名天才。

在历代的远坂家魔术师之中，他的资质反而比较平庸。

今天的时臣之所以能够让老练的魔术师另眼相看，原因是他一直忠实力行远坂家的家训。

无论何时何地都要保持举止从容而优雅——

想要达到十分的结果，就要累积二十分的锻炼。为了能够优雅而从容地通过各种对自己的考验，时臣的做事方法便是如此。如果说时臣有哪一点比他人卓越，就是他彻底自律以及克己的坚定意志吧。

身为师父同时也是时臣父亲的前代远坂家主早已经预见如果儿子以魔导为目标的话，将会是一条相当险恶的路途。所以就在前代家主将魔术刻印传给时臣的前一个晚上，他郑重地再次询问儿子，问他"是否要继承家主"。

那只是一个类似某种仪式、空有形式的问题吧。身为家族的嫡子，时臣以往所受的教育都是教导他如何成为未来的家主，自幼在时臣心中培养起来的尊严也不允许他梦想有不同的人生。

即使如此——既然形式上"有此一问"，就代表时臣好歹曾经有"选择的余地"。

现在回想起来，对时臣来说那可以说是身为前代家主的父亲给他最大的礼物了。

远坂时臣是依照自我意志步上魔导之途的，绝不是因为受到命运的宰制。

就是这份自觉给予时臣钢铁般的意志力。"这是我自己选择的生命"——这种崇高的自傲从内心深处支持他撑过日后严苛修炼的时光。

时臣深切地希望他也能将父亲过去赠送的宝物再交给自己的两个女儿。

但是这个愿望无法实现。

凛与樱打一开始就没有选择的余地。

她们一个人是全元素、五重复合属性；另一个人则是架空元素、虚数属性。姐妹两人生来都具备近乎奇迹的稀有天资。这已经不只是天赋之材，几乎可以说是一种诅咒了。

魔性将会唤来魔性。不管本人的意愿如何，能力太过突出的人必然会"勾引"日常生活之外的事物。只有一种手段能够对抗这种命运——那就是自己也脱离常理之外。

时臣的女儿们只能借由主动领会魔导、学习魔导才能应付她们血统中的魔性。但是远坂家只能给予姐妹其中一个人庇护，这项矛盾不晓得已经折磨了时臣多久，受到血统引诱而出现的各种怪异事物一定会对无法成为继承者的那一方带来无情的灾难。如果魔术协会发现这种"平民"的存在，他们一定会喜滋滋地将她用"保护"的名义作成标本，泡在福尔马林药水里。

所以间桐家提出希望领取养女的要求当真有如上天赐予的恩惠。两位心爱的女儿都可以继承一流的魔导，各自得到开拓自我人生的手段，不用屈服于血统的因果之下。那时候时臣几乎等于卸下了做父亲的重责大任。

但是事实上真是如此吗？时臣愈是这么扪心自问，就愈觉得心中苦闷。

凛的才华一定会引领她比时臣更轻易地学到魔导的奥秘。

但是比起自己主动选择命运走上这条路，因为无法摆脱的宿命而不得不挑选这条路是一件多么痛苦的事情。

今后凛还要面对许许多多的考验，如果时臣不给她任何指导，就这样从她面前离去的话——还算是一位完美的父亲吗？

时臣再次将心中的思念传达到抚摸着凛的手掌上，仿佛是要理清内心的疑问。

凛任由那只手掌在头上摩挲，一双黝黑明亮的瞳眸一动也不动地看着父亲，看不到一丝不安与迷惑。

"原来如此。"

这种无条件的尊崇与信赖终于让时臣的内心找到答案。

这孩子不需要任何道歉，也不用别人操心前途。身为将要离去的前任家主，他只有一句话要对高贵的远坂家嫡子说。

"凛，圣杯总有一天会出现，得到圣杯就是远坂家的义务。

更重要的是身为魔术师，那是一条无可避免的路。"

少女毫不犹豫地点头，她的眼神让时臣心中充满骄傲。

就连从前他继承家主之位时都没感受过这么充实的荣誉感。

"我要走了。你知道接下来该怎么做吧。"

"知道——请您路上小心，父亲。"

凛的语气坚定而清朗。时臣点点头，站起身子。

他的眼神往门内的宅邸看去，和站在窗边看着这里的葵四目相会。

妻子长久以来一直陪伴在他身边，两人之间不需要任何话语就能传达心意。

葵送过来的眼神充满信赖与激励。

时臣回视的眼神则带着感谢与保证。

就这样，时臣转身背对妻子，头也不回地离开禅城家。

迷惘的阴影来自于缺乏从容气度的心灵，毫无优雅可言。

时臣一直将家训深深烙印在心中，而凛的眼神又让自己重新深刻体会这句话。

如果有什么事情让他必须对爱女说抱歉……那就是自己落败，到最后没能让圣杯实现宿愿而一事无成地结束。

要在凛的面前当一位无愧于她的父亲，远坂时臣就必须是一名完美无缺的魔术师。

那么——他一定要亲手完成远坂家的魔导。

成为一位有资格引领爱女，真正十全十美的父亲。

时臣心中怀抱着崭新的决心，踏上黄昏的归途。

他将要再次回到冬木市，前往再过不久即将降临的昏暗黑夜。

−54：06：21

关于这场冬木教会的深夜会谈，远坂时臣所提出的条件中当然表明了可列席的人数。

参加会谈的有双方的召主与从灵，另外还有一名陪同者。

对于无法单独行动的爱莉斯菲尔而言，这当然是求之不得的大好条件。为了预防可能发生战斗，她不能麻烦 Saber 帮忙，舞弥也能在场的话会更让她放心许多。

同样的条件下，远坂阵营那边除了 Archer 之外当然也会让另一个人参加——时臣若无其事地引见他带来的人物，那个人果然让爱莉斯菲尔等人大为不快。

"请容我介绍。这位是言峰绮礼——我的直传弟子，我们曾经一度是互相争夺圣杯的对手，不过这已经是过去的事情，他很早以前就失去从灵，丧失召主的权限了。"

你想说的话就只有这些吗？爱莉斯菲尔用严厉的眼神牵制时臣，时臣却面不改色，似乎认为这样的介绍就已经足够，不再多说什么。看来远坂时臣相当看不起对手，要不然——他或许真的不知道爱莉斯菲尔等人与言峰绮礼之间的过节。

这很有可能。卫宫切嗣的嗅觉不可能对一个甘于当只走狗的男人表现出如此强烈的警戒心，言峰绮礼很有可能违背远坂时臣的指示，擅自行动。

绮礼眉头都没有皱一下，向两人行了个注目礼。爱莉斯菲尔与舞弥两人用冰冷的眼神注视着他，没想到时臣在会议一开始就揭破他与绮礼的关系，使她们不得不重新研究会谈中应该采用的战略。

　　另一方面，Saber 的视线紧盯着悠哉靠在时臣背后墙边，有着一双红色眼眸的从灵。Archer 今天晚上也和 Saber 一样脱下战袍，穿着这个时代的普通服饰。皮革与珐琅色泽的衣着华丽到近乎搞怪，却与这名英灵强烈的存在感相当匹配。

　　Archer 血红色的双眸肆无忌惮地流露出欲望，仿佛只用视线就已经脱光 Saber 的衣服，舔遍她全身柔滑的肌肤。Saber 虽然有一股想要立刻拔剑砍他的冲动，但爱莉斯菲尔对今天晚上的会面有她的想法，只能默默忍耐。

　　"首先要欢迎几位接受在下远坂时臣的款待，不胜感激。"

　　时臣一派轻松自若，彬彬有礼地主持会议，不知道有没有察觉几位女性的气氛相当紧绷。

　　"这次的圣杯战争就要进入最后的阶段。依照往例，现在剩下来的有'初始三大家'还有一名外来魔术师——各位艾因兹柏恩的小姐们，你们对目前的战况有什么看法？"

　　"没什么特别的想法，"爱莉斯菲尔语气冷冷地说完之后，又以高傲的态度补上一句，"我们有战斗力最强的 Saber，不需要偷偷摸摸地投机取巧，只要将我们应得的胜利一一纳入手中就足够了。"

　　"原来如此——"

　　对于对手语带挑衅的回答，时臣轻笑一声答道："那么请容在下直言说明我方的见解吧。此时暂且不提我们双方的战力分析，先来谈谈 Berserker 与 Rider。在我们的立场，当然希望最后只有'三大家'参与决战，决定圣杯花落谁家。不过遗憾的是间桐家这次战略有误，他们把负担沉重的从灵交给衰弱的召主使用，结果落得自我毁灭的下场，最后脱颖而出的恐怕会是 Rider。那位英灵伊斯坎达尔的力量有多强大，相信各位都很清楚。"

时臣稍作停顿，注意爱莉斯菲尔的反应，见她沉默不语便开口继续说下去。

"一个不知来历的新人竟然想染指我们一千年来苦苦追寻的圣杯，对于艾因兹柏恩家来说，现今的局势想必让各位感到非常气愤，你说对吗？"

"要说新人，我认为远坂与间桐也是半斤八两呢。"

要是平常，爱莉斯菲尔不会用这种狂妄又放肆的语气说话。但是今天晚上她选择的做法是以强硬的态度彻底压制时臣。一旦舍弃平时的和蔼贤惠，露出冷傲的尖锐眼神，她的美貌就会流露出些许戾气，展现出女皇般的气派。

但是时臣也不是省油的灯，不会因为对手强势就畏缩起来。他的脸上依然挂着和善的微笑，完全不为所动。

"艾因兹柏恩家最渴望的应该就是第三魔法能够实现。在下远坂时臣追求'根源'，要把圣杯托付给在下的话，应该也不违艾因兹柏恩的本意。"

爱莉斯菲尔闻言，对时臣露出鄙视的冷笑。

"远坂家为了从我们的手中夺走圣杯，甚至不惜低声下气吗？"

"哼……这种解释真让人怀疑听者的品格。也罢，现在的问题是对圣杯没有真正了解的人已经逐渐打进最后一战。圣杯绝对不能落到这种人的手上——这一点应该是我们双方都有的共识。"

爱莉斯菲尔终于了解，时臣最担心的是 Rider 的威胁。

只要看清对方的目的所在，接下来就该轮到己方出招了。

"艾因兹柏恩家本来就不打算与其他家族来往，更别谈要携手结盟——但是如果你希望我们对敌对者排出先后顺序的话，只要拿出足够的诚意，倒也不是不能斟酌斟酌。"

"……你的意思是？"

"等到打倒其他召主之后再来对付远坂家——如果是这种约定的话，我们可以考虑接受。"

听见爱莉斯菲尔语带保留的说法，时臣冷冷地点头。

"有附带条件的休战约定吗？这倒是很适当的妥协方式。"

"我们有两个条件。"

爱莉斯菲尔提出条件。她始终保持高姿态，仿佛这场会谈的主导权掌握在她手上。

"第一点，把你手中有关 Rider 与召主的情报全部公开。"

时臣听见这句话，暗自心中窃笑。艾因兹柏恩希望得到这种情报，就代表他们已经做好准备动手打倒 Rider。事情的发展如他所料。

"绮礼，告诉她们。"

之前一直在旁边默不作声的绮礼听到时臣的命令，用平板的语调开始说明。

"Rider 的召主之前是肯尼斯门下的实习魔术师，名字叫韦伯·菲尔维特。现在寄宿在深山町中越二丁目，一对名叫麦肯吉的老夫妇家中。麦肯吉家是一般的家庭，与圣杯战争没有任何关系，韦伯施下暗示让老夫妇把他当成亲生的孙子看待。"

绮礼流利地说着。他的样子让爱莉斯菲尔与舞弥感到恐惧，身为Assassin之主的绮礼果然曾经进行过十分透彻的谍报行动。

"那么另一项条件是什么？"时臣迫不及待地催促。

爱莉斯菲尔这次面露严肃表情，对着时臣用极为坚决的口气说道："第二项要求——把言峰绮礼赶出圣杯战争。"

时臣之前的态度一直很轻松，但听到爱莉斯菲尔这句话不免露出惊讶的表情。另一方面绮礼依然不动声色，脸上毫无表情。

"我不会要求你杀他。但是在这场圣杯战争结束之前，我要他离开冬木……不，离开日本，而且是明天早上立刻动身。"

"可以请你说明理由吗？"

时臣先是掩过惊讶的感情，稍微压低嗓子问道。爱莉斯菲尔看出他并没有装傻，终于确定这对师徒之间有问题——时臣显然对绮礼的行动一无所知。

"这名代行者与我们艾因兹柏恩家之间有深仇大恨。远坂阵营要留着他的话，我们绝对不可能相信你们，而且还会把你们当成优先排除对象，反过来联合Rider先消灭你们。"

"……"

爱莉斯菲尔的愤怒怎么样都不像在开玩笑。时臣终于察觉曾经发生过一些自己不知道的事情，对身旁的绮礼投以怀疑的眼光。

"这是怎么回事？绮礼。"

"……"

绮礼像是戴了一副面具一样神色木然，依旧保持沉默。但是他没有反驳爱莉斯菲尔的指控，这阵沉默代表什么意义当然很明显。

时臣叹了口气，用不带任何感情的表情看着爱莉斯菲尔等人。

"绮礼现在代理已经死去的璃正神父接手处理圣杯战争的事物，你们要放逐他的话，我们也要提出一项条件。"

爱莉斯菲尔微微点头，要时臣继续说下去。

"我在昨天那场战斗中已经见识到那位 Saber 的宝具，威力实在太具破坏性。我希望今后限制使用那件宝具。"

Saber 一听，皱起眉头。远坂家已经摆明了要把 Rider 推给 Saber 应付，现在加上这项条件根本就是无理取闹。

"远坂家凭什么干预我们的战略？"

"我们远坂家同时也是代管冬木之地的管理者（Second Owner）。今后如果要在没有圣堂教会从事掩蔽工作的状况下进行圣杯战争的话，必须禁止引起过度的混乱。"

这时候，先前一直没有开口的舞弥突然插嘴说道："昨天晚上 Saber 的宝具对附近的设施有造成任何损害吗？"

"幸运的是被害程度相当轻微，因为在射程范围内正好有一艘大型船只。但是要是出了任何差错，河岸上的民宅一定会被一扫而空。"

"是我们在那边布置船只的。"

不只是时臣，就连 Saber 听见舞弥这句话都扬起眉毛。当时的确是因为有一艘船恰好位于适当的位置，她才能毫无后顾之忧地施展"应许胜利之剑"。在舞弥提起之前，她完全没有发觉那艘船竟然是因为切嗣的考量才设置的。

"顺带一提，被破坏船只的船主已经确认领到保险赔偿金。用不着你们告诫，我们艾因兹柏恩家已经对 Saber 的破坏力有充分的顾虑。"

"我现在就是希望贵家将这份顾虑化为实际的条文。"

时臣打断舞弥的话，以坚决的口吻提出主张。

"在冬木市之内，无条件禁止在地面上使用宝具。就算是在空中，如果间接会对民宅造成损害的话也一样禁止——艾因兹柏恩的召主，你可以答应这项条件吗？"

"如果我接受的话，你保证会让言峰绮礼离开吗？"

"没错，我保证会负起责任。"

时臣二话不说，点头答应。没有一个人发觉站在他身边的绮礼紧咬着牙根。

爱莉斯菲尔朝 Saber 望了一眼，Saber 微微点头示意，表示答应这项条件。Saber 也不愿意因为自己的宝具而徒增伤亡。如果远坂时臣提出的条件只是这种程度的限制，倒也算不上是什么负担。

"很好。既然已经确认条件履行，我们同意休战。"

×   ×

会议结束后双方召主离去，教会里只剩下言峰绮礼一个人。

如同刚才时臣所说，绮礼现在接手指挥目前仍在冬木市各地进行善后工作的圣堂教会人员。因为身为监督者的父亲已死，现场的指挥系统乱成一团，等不及第八秘迹会派遣正式的继任者。

话虽如此，只要适当地指示各处互相合作并且管理进行状况，各处现场目前的作业状况也已经很顺利了。这代表璃正生前的指挥调度十分完备。说起来，绮礼只要按照璃正已经安排好的规矩指挥，让工作顺利进行，并不需要什么困难的判断。

但是这项工作只能做到今天晚上了。

在时臣刚开始打算与艾因兹柏恩合作的时候，绮礼就知道自己的立场将岌岌可危，他对刚才会议中的决定一点都不感到意外。那些艾因兹柏恩的女人——还有在背后操纵她们的卫宫切嗣——已经把绮礼视为最大的威胁。另一方面，对远坂时臣来说，与艾因兹柏恩之间的协议显然远比只是"一介助手"的绮礼来得更有价值。

结果绮礼还是没有向时臣坦承自己手腕上又有令咒出现，以及从璃正那儿秘密接收了保管令咒的事，就连Saber真正的召主卫宫切嗣到现在还潜伏未出的事情也没有告诉他。

再加上先前救了间桐雁夜这件事，绮礼隐瞒了这么多如此重要的情报，几乎等于主动放弃身为时臣属下的职责。此时被时臣撤下，他也没资格说什么。

绮礼以电话联络所有工作人员之后，独自回到自己的房间。他坐在床边侧耳倾听，整个教会空无一人，寂然无声。

绮礼注视着黑暗，询问自己的内心。

这一生当中，这个问题不晓得已经重复了几千几万次。

今晚的自问特别强烈而迫切，因为这次他必须要在天亮之前找到答案。

我到底想要什么？

在处理善后工作的工作人员送来的诸多报告当中，绮礼对其中两件事情特别在意。

第一件——当Caster的海魔在河岸肆虐造成混乱的时候，有一名成年男子在众目睽睽之下离奇死亡。尸体在紧要关头由圣堂教会回收，才免于落到警方手中。那人脸部的损伤非常严重，已经无法判断身分，但是左手上明显留有令咒的痕迹。由其他身体特征来看，几乎百分之白肯定是Caster的召主雨生龙之介。死因是——点三〇口径或是更大型的步枪子弹两发。

另外一件报告的内容则可以更加血淋淋地重现当时的情况。

就在几个小时之前，肯尼斯·艾梅罗伊·亚奇波特和索菈乌·娜泽莱·索菲亚利两人被枪杀的尸体也在新都郊外的废弃工厂被巡逻的圣堂教会人员发现并回收。有一张已经签了名的自我制约证文弃置在现场，赤裸裸地说明下手的人是用多么毒辣的计策谋害Lancer 的召主。

这些都是卫宫切嗣——一个又一个屠杀猎物之后留下的足迹。

那个男人恐怕此时也正在夜空下的某处战斗。撇下一个人枯坐愁城，心绪纷乱的绮礼，他正一步步地走向圣杯。

过去一直投身于空虚战场的男人打破九年来的沉默，在这个名为"冬木"的战场东山再起。绮礼还没查清楚他的意图、他的动机，却已经要离开这里了。

当那个男人得到无限的许愿机器时，他会许下什么愿望。

这个答案究竟是否足以填补绮礼的空虚呢？

"……你究竟是什么人？"

绮礼下意识地出声喃喃自语。过去他以一种近乎于祈愿的预感期待在卫宫切嗣身上找到答案，但是现在他开始嗅到危险的气息。在他的脑海里尽是那些不惜挺身保护切嗣的女性，她们究竟对切嗣有什么期望？或者切嗣的目的意识已经堕落平凡到能够与第三者分享的程度吗？

绮礼感觉有一股气息扰乱深邃的寂静，从外面的走廊靠近，那是他相当熟悉的气息。就算只是行走，那位英灵仍然毫不掩饰自己身上释放的惊人压迫感，踏进神之家的敬畏与自律与他毫无关系。

Archer 连门都不敲，大摇大摆走进绮礼的房间。他看见绮礼正在苦思，露出嘲笑与怜悯的冷笑轻哼一声。

"都到了这个地步，你还在想？就算再迟钝也要有个限度啊，绮礼。"

"……你让时臣老师自己一个人回去吗？Archer。"

"本王已经把他送回宅邸去了。听说最近有一只比Assassin还要凶狠的毒蜘蛛正在四处徘徊。"

绮礼点头。精明的卫宫切嗣不可能对刚才的会议袖手旁观，他一定计划好在来回的路途上攻击时臣。绮礼事先已经百般叮咛过了——可是不是对时臣，而是对Archer。

"你还真是个中规中矩的家伙，竟然还在为舍弃自己的主君操心。"

"那是很正常的判断。再说我已经完成当时臣老师手下道具的工作，没有道理继续留在冬木了。"

"你不会真的这么想吧？"

Archer的视线仿佛看透了一切，绮礼也默默回瞪他一眼。

绮礼无法否认Archer说对了。不然他早就应该开始收拾行李准备离开冬木，而不是无所事事地呆坐在这里。

"现在圣杯仍然在呼唤你，而你自己也想要继续战斗。"

Archer再次提醒绮礼。绮礼沉默以对，不再出言反驳。

反正在Archer的面前想瞒什么也瞒不住，这名英灵连绮礼欺骗自己的谎言都已经看穿了，他很可能明白绮礼渴望知道的答案在哪里。

那双鲜红色的双眸就像是一名观察者从上方俯视白老鼠在迷宫里徘徊乱窜一样。不予以指导也不伸出援手，只从高处看着他人烦恼痛苦的模样自娱。这就是英雄王的愉悦吧。

"自从懂事以来，我一直为了唯一的探寻而活。"

绮礼在 Archer 面前说道，同时仿佛也在和自己内心深处的黑暗对话。

"我耗费长久的时光，忍受各种苦楚……全都徒劳无功。但此时我却感到'答案'就在身边，这是前所未有的感觉。长久以来我一直追寻的事物一定就在这冬木之战的尽头。"

绮礼这么说道。他重新了解到之前驱策自己行动的动力。

他发现早在许久以前言峰绮礼就已经不是远坂时臣的走狗，他为了自己参加的这场战争。

"你既然已经有这么清楚的自觉，还有什么好犹豫？"Archer 冷冷地问道。

绮礼低头看着张开的双手，然后掩住自己的脸庞，仿佛发出无声的感叹。

"我有预感——当我知道所有答案的时候，我就会彻底毁灭。"

如果自己对卫宫切嗣的期待遭到背叛——

如果自己想从间桐雁夜的末路中看出什么非比寻常的东西——

这次绮礼一定会在没有任何退路的状况之下面对那件事吧……那件他在父亲以及妻子死亡之时发现的事物……

干脆就这样舍弃一切拂袖而去会不会更好？从头到尾扮演好时臣手下忠实弟子的角色，听从师父的命令撤退也是一个不错的借口。

从今以后忘掉一切，不问什么不求什么，像草木一般平淡度日就好了。不管他会失去什么，至少能够确保今后的人生可以平静无事地度过。

"你可别去想那些莫名其妙的事情啊，绮礼。"

Archer 立刻警告绮礼，打断他的梦想。

"如果这么容易就可以改变生活方式的话，你也不会像现在这么烦恼了。你活到现在，心中总是带着疑问，今后到死都会一直疑惑下去。不找到答案的话，你死也不会瞑目的。"

"……"

"这应该是一件值得庆贺的事啊。你永不停歇的巡礼终于即将到达目的地了。"

"……你会祝福我吗？Archer。"

Archer 颔首。在他的脸上依然没有一丝温情，反而像是个观察蚂蚁窝的孩子一样，绽放着纯真的喜悦光辉。

"本王应该已经说过了。人类的命运就是无上的娱乐。本王由衷期盼看到你面对自己命运的那一刻。"

听到英雄王这番毫不忌惮的狂语，绮礼反而露出苦笑。

"像你这样只顾着贪享愉悦而活，想必一定活得很痛快吧……"

"觉得羡慕的话，你也这么过就好。只要你理解什么是愉悦，就不会再惧怕毁灭了。"

这时，走廊外司祭室的电话铃声突然响起。绮礼似乎知道是什么事，一点都不觉得惊讶，走出房间拿起电话。他应答了两三句之后马上放下电话，回到 Archer 所在的房间。

"刚才那通电话是什么？"

"以前父亲手下的工作人员打来的，现在所有联络事项都会打来让我知道。"

Archer 看到绮礼脸上的表情莫名地轻松自在，皱起眉头道："收到什么情报让你这么高兴？"

"或许是吧，这件情报确实可能决定一切。"

绮礼说到这里停顿了一下，犹豫着要不要继续说下去。结果他还是放弃坚持，摇摇头和盘托出。

"刚才会谈结束之后，我派人跟踪艾因兹柏恩那些人。只要说是父亲生前的指示，他们就毫不怀疑地帮我完成任务。多亏他们，我已经查到艾因兹柏恩家的人现在藏身在哪里了。"

Archer隔了一会儿才明白绮礼话中代表的涵义。

然后英雄王开始捧腹大笑，不断拍手叫好。

"绮礼——你这家伙！原来你打一开始就有意继续参战啊！"

绮礼临行之际还不惜利用自身的职责之便搜索敌对阵营的动向，如果没有继续参战的打算当然不会这么做。在他烦恼不已的同时，却仍然仔细地进行着谋略。

只是他的这些行动并没有被伴随真正的决心——一直到几分钟之前。

"我是很犹豫，也曾经有机会可以收手。但是到头来——英雄王，就如同你所说的——像我这种人除了不断质疑之外没有其他处事方法。"

绮礼说着，一边卷起上衣衣袖，再次看看刻印在手腕上的令咒。

左手的上臂有两道绮礼自己的令咒让他可以再次与从灵缔结契约。

除了这两道令咒之外，他整只右手臂上还有一些从父亲遗骸上回收的保管令咒。这些没有契约对象的令咒不只能控制从灵，还可以用来使出泛用性更高的无属性魔力，也就是说可以把这些令咒当作拟似的魔术刻印运用。扣除令咒用完就消失这一点，现在绮礼身上等于积蓄了大量魔术，足以与累积好几代刻印的名门魔导匹敌。他要继续圣杯战争的话，这些令咒可以说是极为充足的后备战力。

从现在开始，绮礼的战争再也没有任何正义名分，将会名副其实成为属于言峰绮礼自己一个人的战斗。

为了填补自我内心的空洞、为了查出这个空洞的真面目——他要向卫宫切嗣问道，向间桐雁夜问道，还要向圣杯许愿机问道。

"哈哈哈——不过绮礼，你马上就会遭遇一个大麻烦啊。"

Archer 笑了一阵之后，在他血红色的双眸中浮现出狡黠却又邪恶非常的危险眼神。

"如果你要凭借自己的意志参加圣杯战争，远坂时臣也就成了你的敌人。也就是说你现在没有任何武装，就这样赤手空拳与敌人的从灵共处一室。你不觉得这个状况很危险吗？"

"也不尽然，我已经盘算好要如何讨饶了。"

"哦？"

Archer 兴趣盎然地眯起眼睛。绮礼则泰然自若地继续说道。

"既然要与时臣老师为敌，我也不用再包庇他的谎言了——吉尔伽美什，我就把你还不知道的圣杯战争背后的真相告诉你吧。"

"什么？"

Archer 狐疑地蹙着眉头。绮礼见时机已至，开始说明老师时臣之前告诉他的圣杯战争真相。

"在这个世界'内侧'发生的奇迹并不会影响世界的'外侧'。争夺许愿机只是一场闹剧，'初始三大家'希望得到圣杯的真正企图并不在此。这场在冬木举行的仪式其实本来是把七位英灵的灵魂聚集起来当作祭品，企图打开前往'根源'通道的试验。'达成奇迹'的约定只不过是为了召唤英灵的'诱饵'而已。因为只有关于'诱饵'的传闻甚嚣尘上，造成只剩下现今圣杯战争的形式流传下来。"

这个真相只有间桐、远坂、艾因兹柏恩三家以及与三大家有关的人才知道，绝对不能让外来的魔术师与七位从灵知晓。

"这次战争中真正想要成就过去'三大家'夙愿的魔术师只有远坂时臣一人。他要把七位从灵全部杀死来启动'大圣杯'。七个人，全部，你明白吗？时臣老师之所以这么不愿意使用令咒的原因就在这里。他与其他召主战斗最多只能使用两道令咒，因为最后一道令咒必须在战争全部结束之后，用来命令自己的从灵自尽。"

Archer 听了这么多，脸上却没有什么表情。他压低了声音冷冷问道："你是说时臣对本王的忠诚全都是虚伪的吗？"

绮礼回想起老师以往的行事为人，摇头道："他的确对'英雄王吉尔伽美什'付出了无上的敬意。但是身为弓兵从灵的你则又是另外一回事。你就像是英雄王的复制品，只是一尊雕像、一幅肖像画而已。你会被装饰在画廊里最受众人注目的地方，他在你面前走过的时候也会毕恭毕敬地行注目礼——然后如果要改变布置，没有空间可用的话，他也会怀着敬意把你舍弃掉。追根究底，时臣老师终究是一位彻头彻尾的'魔术师'。只要一想，他很清楚从灵只不过是道具而已。就算他对英灵心怀敬意，也不会对英雄偶像抱持任何幻想。"

Archer 听完一切，仿佛终于恍然大悟似的深深颔首，脸上再度浮现他特有的邪恶笑容，表情宽大而残忍、昂扬而至高无上。那是所有价值观念都取决于一己审美观的绝对王者的笑容。

"时臣这家伙——最后终于有点看头了。这样一来那个无趣的男人似乎终于也能为本王带来点乐趣。"

只要稍微思考这句话的言外之意，就能知道这句宣言是多么凶猛凄厉，足以让人鲜血为之冻结。

"你打算怎么办？英雄王。听完这些，你还要站在时臣老师那边，谴责我的背叛吗？"

"该怎么办呢。虽然时臣对本王不忠，但是他现在还在对本王奉献魔力。就算是本王，完全放弃召主的话也会对现世造成影响啊……"

Archer说到这里，那双别有深意的眼神毫不掩饰凝视着绮礼。

"本王想起来了——好像还有一个得到令咒，但是没有契约对象的召主正在找脱离契约的流浪从灵啊。"

"听你这么一说，的确是有。"

面对Archer如此露骨的邀约，绮礼失笑点头回应。

"可是我不知道他究竟是不是英雄王看得上眼的召主。"

"没有问题。虽然他太过冥顽不灵有点美中不足，但前途还算光明，应该可以好好地取悦本王。"

就这样，被命运选上的最后一组召主与从灵第一次彼此相视而笑。

$$\times \qquad \times$$

深邃地底的幽暗中，"它"还在朦胧沉睡的黑渊徘徊。

"它"在浅浅的睡眠当中梦见的是——很久很久以前人们寄托给"它"许许多多无穷无尽的"祈愿"。

希望世界变得更好、希望有一个美好的人生、希望自己的灵魂纯洁无瑕。

软弱人们的愿望是这么地深切，使他们不得不从自身以外的地方寻求所有恶性。

"它"在过去曾经回应人们的"祈愿"，拯救了一个世界。

除我之外，世上皆无罪；除我之外，世上皆无恶。

应该受人憎恨的是我；应该受人厌恶的是我。

"它"承担一切，拯救了其他人，为他们带来安宁。

也因此——

"它"虽然是救世者却非圣人，因此没有人颂赞。"它"受到人们的唾弃、咒骂与轻视……曾几何时连以前为人时的名字都被剥夺，只有关于其"存在意义"的称呼成为一种概念流传至今。

时至今日，这所有的一切都成为相隔了无数时光的追忆之梦。

从那之后究竟过了多久的时间。

现在"它"在安眠之处出神地想着。

好像曾经发生过什么烦人的事情。没错，就在眨眼一瞬不过短短六十年前的事。

事情就在一瞬间发生，已经不太记得细节了——等到回过神来的时候，"它"已经身处在一个温暖昏暗，如同母体般的地方。

那是位于地底深处，深深呼吸着的无边黑暗。

那里从前就如同"卵"一般，蕴藏着无限的可能性。某一天"它"就像是一颗漂流到该处的种子，在那里落地生根。从那一刻起浑沌不明的黑暗怀了身孕，转变为孕育"它"成长的子宫。

从此之后，"它"沉浸在浅浅的睡眠当中，同时像在母亲胎盘吸收营养的婴儿般一点一滴地啜饮流进灵脉之地的魔力，慢慢地生长茁壮。没有人知道"它"的存在，"它"只是耐心地等待某一刻的到来。

等待有朝一日，"它"穿过这团深邃灼热的黑暗，呱呱落地的那一刻。

忽然"它"侧耳倾听不远处传来的声音。

刚才确实有人说话。

"承担'这世上所有的邪恶'……在所不惜……甘之如饴。"

啊啊,有人在呼唤我。

有人带着祝福之意在召唤我。

我可以回应他。如果是现在的话一定可以。

在黑暗中无比膨胀的魔力漩涡逐渐让"它"孕育出实体。

久远之前人们寄托在"它"身上的无数"祈愿"此时也终于可以实现了。

成为人们希望"它"成为的任何模样。

完成人们希望"它"完成的一切事情。

拼图已经全数齐全了。

咬合的命运齿轮开始猛然转动,朝向成就的时刻加速运转。

接下来——只要等待产道开启。

"它"在浅浅的睡眠中梦想……梦想着出世后第一声啼哭将会让整个世界染成一片火红……

现在"它"还是在不为人知的黑暗地底一次又一次地重复着隐密的胎动。

Interlude

−sometime, somewhere−

"凯利，你知道这座岛名字的由来吗？"

夏蕾一边悠闲地握着震动的方向盘，一边开口问道。

叫做凯利的少年坐在副驾驶座上，正要回答"不知道"，剧烈的摇晃差点害他咬到舌头。

两人乘坐的小型货车非常陈旧，破烂的程度让人怀疑这辆车会不会是马车刚衰落时期的产物，再加上现在车子跑的不是平坦柏油路，而是丛林中的颠簸恶路。虽然行进速度有如牛步，但是坐在硬梆梆的座位上还是摇晃得很厉害，有如海上遭遇暴风的小船。

虽然是几乎就要报废的破铜烂铁，但这辆车仍然是亚利马哥岛（Alimango island）上仅有四辆贵重汽车中的一辆——话说回来，整座亚利马哥岛上只有在海湾处有一个人口仅三十余户的小渔村，大多数的人都不需要用车。在岛上生活需要开车的只有少年的家人，还有夏蕾这位到少年家中的帮佣而已。少年的家位于远离渔村的丛林深处，要到他家只能依赖这辆破车。

"Alimango 的意思不就是'螃蟹'吗？"

听少年这么说，夏蕾点点头。

"很久很久以前，这座岛是奉献供品给海神的地方。但是有一个小女孩没有东西可以给生病的母亲吃，烦恼之下终于忍不住下手偷拿献给神明的供品。那个女孩子因此受到天谴，变成泽蟹的模样。"

"真是悲惨的故事。"

"然后从那之后相传只要吃了这座岛上捉到的螃蟹，不管什么疾病都会痊愈。少女的母亲也因此摆脱长久以来的宿疾。"

"这不是更惨了吗，真是过分的神明。"

少年感到讶异，不过这种传说在民间故事当中也不算稀奇，是相当标准的类型。只要随便一找，就会发现世界各地到处都有类似的故事吧。

"祭祀那个海神的神庙呢？"

"已经不在了，是不是真的存在过也不知道。根据传闻，神庙的位置好像就在凯利家盖房子的那一带。"

这么说来，那个被变成泽蟹的少女为了偷取供品，还特地跑到这么深的丛林内部吗？在海边捕鱼还轻松多了呢。

"这就是为什么村民都不喜欢接近你家房子的原因，他们认为那里不吉祥，连我都被威胁说太常出入你家的话会遭到报应的。"

"怎么会……那我住在那里又会变得怎么样？"

"凯利已经不像是外人了，村子的人都把你当成是我弟弟。"

虽然被当成小弟弟看待让少年觉得有些不能接受，不过他和老是关在家里闭门不出的父亲相反，每当夏蕾出门买东西或是有其他杂务的时候，他总是会一起坐上车，几乎每天都到海湾附近的渔村去。

他们搬到这座岛上已经差不多快一年了吧。现在每一位岛民看到他，都会轻松地向他打招呼。村里的调皮小孩一开始总是和少年吵架，最近也常常和少年一起捣蛋。

这里虽然是远离出生地的异乡，但是少年很喜欢这座亚利马哥岛。

移居来的最初几个礼拜，每天一成不变的生活曾让少年很厌烦。但是不知什么时候开始，明朗的南国阳光与色彩缤纷的海景风光已经深深了掳获少年的心。

但是少年的父亲从来不肯离开那间谁都不敢靠近的房子，他实在不认为父亲很享受这里的生活。

"爸爸如果也和村人好好相处的话，个性会不会变得比较不一样呢？"

"嗯，很难说耶。"

夏蕾一面巧妙地转动方向盘躲开路上的大石头，一面露出苦笑。

"因为西蒙神父相当讨厌他。我也常常被神父教训，他说如果我继续在那间房子里工作的话，一定会被恶魔缠上。"

"……是喔。"

西蒙神父平时待人很温和，知道他在暗地里这么说父亲让少年觉得相当失落。这也难怪，或许还应该庆幸神父只是"说说坏话"而已。如果西蒙神父真的知道父亲的所作所为，自己父子俩肯定会落得逃离这座岛的下场吧。

夏蕾单手拍拍腰间，一柄带鞘的银制装饰用短刀插在腰带上。

"你看这把刀。这是神父硬塞给我，要我随时带在身上的。他说这是相当灵验的护身符。"

"……这不就是你平常拿来削水果皮的那把刀吗？"

"这把刀很利，切起来满顺手的。我是很珍惜着用啦。"

夏蕾还是很轻松地说着。她和少年不同，好像一点都不觉得这个话题有什么阴暗面。

"夏蕾，你不怕我爸爸吗？"

少年怯怯地问道。夏蕾很干脆地点头回应。

"我知道他不是一般人,也能体谅为什么村人会觉得他让人不舒服。他做的是那种研究,难怪不得不远离都市,搬到这种偏僻的小岛隐居。不过你父亲就是这一点了不起。"

不晓得为什么,少年觉得只要一谈到父亲的事情,夏蕾就会变得既成熟又知性。她和少年只相差四岁,根本还算不上是成年女性。

"他的知识与发现全都非常了不起,随便哪一种都足以彻头彻尾颠覆这个世界,当然会让人觉得害怕,所以也必须隐藏起来……老实说,我总是在想如果把那种力量拿来贡献世界的话该有多好。"

"……你说的事……真的可能吗?"

"你爸爸已经放弃了。但是凯利,我认为如果是你,一定可以办得到。"

看到夏蕾表情这么认真,少年反而觉得不高兴。

"哪有。夏蕾才是父亲的头号大弟子吧,有能力贡献世界的人应该是你才对吧。"

少年知道夏蕾来家里不光是做一般的家事帮佣,也协助父亲的工作。听父亲说,夏蕾这名少女非常聪明又有才能,埋没在这种贫穷的小岛实在太可惜了。连父亲这种神秘主义者都这么重视她,想必她的素质一定非同小可吧。

夏蕾本人张大了嘴,大笑摇头:"我才不是什么徒弟呢,顶多只算得上是助手吧。我只是打打杂、帮点小忙,最重要的部分你父亲可什么都没教给我。凯利,将来继承父亲衣钵的人一定是你。因为你父亲现在进行的研究全都是为了有朝一日让你继承所做的准备，现在只是时机未到而已。"

"……"

夏蕾语气诚挚地解释给少年听，真的就像是姐姐在关心小弟一样。少年觉得心中五味杂陈，想说什么又说不出来。

听说少年的母亲生下他后不久就过世了，所以他不记得母亲的事。对少年来说，可以称为家人的人只有父亲而已。虽然他的个性孤僻又严厉，但仍然是个慈祥又伟大的父亲，也是少年在这个世上最敬爱的人。

自己尊敬的父亲竟然宠爱儿子以外的"助手"，最初让少年觉得非常不是滋味。有一阵子他真的很厌恶到自己家里来的夏蕾。但是过没多久，他的心就被夏蕾的活泼又温柔的个性吸引住了。

就像多了一个家人一样，夏蕾把少年的父亲当成自己父亲一样尊敬，对他的儿子也当成亲生弟弟一样疼爱，照顾得无微不至。对于没有女性家人的少年来说，夏蕾这个"姐姐"的存在自然而然变得特别而重要。

不——少年最近觉得心中有一股奇妙的骚动，他对夏蕾的感觉真的只是如此而已吗？

他非常清楚夏蕾善良、开朗又聪慧。但不只是这些优点，她无意中的一举手一投足——就好比现在她一边握着方向盘，一边哼哼唱唱的侧脸就让少年觉得她美得让人发慌。这究竟是为什么？

"凯利长大后想要成为什么样的大人？继承了父亲的工作以后，你想要怎么使用它？"

"……咦？"

夏蕾突然开口发问让心不在焉的少年吓了一跳。

"将来你会得到的可是能够改变世界的力量喔。"

"……"

父亲的遗产。如果说少年从来没有幻想过父亲要留给他什么的话，当然是骗人的。对于那些事物的价值与意义，他自认也有相当的认识。

至于要如何使用，他当然也有想法——

但是少年实在不愿意把这些心里的事化成言语说出口，特别是在夏蕾的面前。他最讨厌自己的梦想被别人嘲笑幼稚，尤其不希望听到夏蕾这么说。

"……那当然是秘密。"

"嗯？"

夏蕾调皮地挑了少年一眼，柔柔一笑。

"那就让我看看凯利长大之后会成为什么样的大人吧。在那之前我会一直待在你身边，好吗？"

"……随你便。"

少年又羞又尴尬，忍不住转过头去。

对他来说，这名年长少女的笑靥实在太过耀眼，让他不得不撇开视线。

×　　　　×

死白的皮肤。

皮肤下浮现出来的青黑色静脉如同裂缝般布满整张脸颊。

痛苦抽搐的表情就像是濒死之人一样。

一眼就能看出来——那东西已经死了。

虽然死了，却还在活动。

少年的脑中非常清楚，"那东西"虽然长了一副人样，但早已变成某种非人之物了。

外面是一片黑夜。这座岛上当然没有路灯，但是明亮的月光还是静静地从窗口射进来，清清楚楚照亮惨剧的现场。

这里是村外的鸡舍。少年为了寻找平白无故失踪的夏蕾，白天找遍了整个村子，就算天黑之后仍不肯放弃，找到这里来。

满地都是被吃得血肉模糊的鸡。少年走到鸡舍深处那一边颤抖一边啜泣的亡者身旁。

杀了我——

那东西的脸庞和少年最喜欢的女性长得一模一样，呜咽着哀求道。

银色短刀轻轻地扔到少年脚边，在月光的照射之下闪耀着不祥的光芒。

我好怕——

我自己，办不到——

所以求求你，由你……杀了我——

现在还来得及——

"怎么会……"

少年摇着头往后却步。

我怎么可能下得了手。

不管变成什么样子，夏蕾就是夏蕾。说好会一直待在他身边，是他最亲爱的家人——不，她是比家人还要更重要的人。

拜托你——

夏蕾痛苦地喘息着，口中露出一排参差不齐的尖锐乱齿。少女一边发了疯似的哀泣，一边吐出如同野兽般的喘息。

我已经——不行了——在我压抑不住之前——快点——

夏蕾像得了热病一样不断颤抖挣扎，用裸露的牙齿咬住自己的手臂。

嗞……

啜饮血液的声音刺激着少年的耳膜。

求求你——

少年用自己发出的惨叫掩盖不停哀求的声音，奔出鸡舍。

让他感到害怕、感到恐惧的不是已经完全变了样的夏蕾，而是她扔过来自己脚边那把短刀所反射出的熠熠刀光。

他不晓得发生了什么事，也不想知道。

总之必须找个人求助才行。

少年相信一定有个大人可以为他解决这如同噩梦般的一切。

夏蕾一定可以得救，一定有人可以救她。

少年如同祈祷般告诉自己不要怀疑。

全力奔跑的话，不到五分钟就可以跑到西蒙神父的教堂。

少年一边跑一边哭喊，对脚上的疼痛与剧烈心跳的苦闷全然没放在心上。

×　　　　　×

那个女人自称叫做娜塔莉亚·卡明斯基。

她身上裹着与热带南国夜晚一点都不相衬的深黑色防水大衣，却连一滴汗都没流。苍白的脸庞面无表情，冷酷无比。甚至让人怀疑她身上有没有血液流动，体温是否和正常人一样温暖。

把少年从鬼哭神号的地狱中带出来的救命恩人就是这样的一

个人。

"小鬼头，你差不多也该回答我的问题了。"

少年凝视着远方陷入一片火海的渔村，背后传来女人冷漠的声音。

这个到昨天为止完全与世无争，几个小时之前还在月光下安眠的村子现在已经被烈火吞噬。隔着海湾从对面断崖上眺望的光景让人有些难以置信，完全就像是一场糟糕的噩梦。

少年曾经在那里看见的许多温暖笑容全都一去不回了——这叫他该如何接受。

"……这到底是怎么一回事？"

少年以干涩的声音问道。娜塔莉亚冷哼一声。

"先问问题的人是我。小鬼头，你的脑袋也该清醒清醒了吧。"

"……"

少年摇头。就算娜塔莉亚是他的救命恩人，如果她不回答自己刚才的问题，他什么都不想说。

娜塔莉亚可能是从少年坚持不开口的沉默当中察觉他的想法，厌烦地叹了一口气之后，开始淡淡解释道："现在有两派人马在这个村子里大闹。一派是'圣堂教会'的代行者，那些人可不是你知道的那种好心神父，他们深信只要是背离上帝的罪人全都该杀，看见吸血鬼当然不会手下留情，被吸了血的人也不留活口。如果没有时间心力去一一分辨的话，就连可能被吸了血的人也会全部杀光，也就是说这次那些人非常紧张。然后另外一派的'协会'要解释就有点困难了——究竟是谁创造出吸血鬼这种超乎寻常的东西？他们就是一群想要独占这个秘密的人。因为他们的座右铭就是'独占'，所以会杀光其他可能知详情的人。杀人灭口、湮灭证据，如果不够彻底就毫无意义。反正就是这么回事。少年，你的运气好得不得了。现在这座岛上从他们的'大扫除'下逃出生天的人大概只有你吧。"

少年对这些事情的接受程度可能还超出娜塔莉亚的预期，他已经察觉为什么这些危险的人物会来到这座亚利马哥岛上。

少年向西蒙神父求助，神父知道之后又联络其他人。这项情报传达到外界的时候，在某个过程中传进了绝对不该得知这件事情的人耳里。

不管事情发生的经过如何，起因出自于谁非常清楚——就是少年自己。

如果少年听从夏蕾的哀求，鼓起勇气用短刀刺穿心爱少女的心脏，事情就不会演变成这种惨状了。这么一来就算他心中的伤口再大、就算从今以后夜晚再也无法安眠——至少不会有其他人送命。

少年等于亲手放火烧了那令他怀念的地方。

"……你是哪一派的人？"

"我是和'协会'做生意的人。我的工作就是偷偷拿到他们想要的'秘密'，然后卖给他们。当然这件事要在事情闹得这么大之前完成才行，不然根本做不成生意，这次就慢了一步。"

娜塔莉亚淡淡地耸耸肩。这样的光景她一定已经看过很多次了吧，黑衣女子的身上散发出死亡与火焰的气息，就像是沾满她全身的味道一样。

"好了，小鬼头。把话题拉回到一开始的问题，你也该回答我的疑问了。封印指定——这么说你也听不懂吧。算了，这次吸血鬼事件元凶的坏魔术师现在应该还躲在这座岛上的某个地方才对，你有没有什么线索？"

×　　　　×

在这种情况下，这件事虽然微不足道，不过某种意义上也算是极为重要的事情。

凯利并不是少年真正的名字。

这名少年诞生在遥远的国家，对这片土地的人们来说，他的名字相当不容易发音。最初是夏蕾用凯利的简称称呼他，之后这个称呼就在岛民之间成为固定的叫法了。少年也已经半放弃地接受这种称呼。与其被人家用"凯利祖古"这种奇怪的发音称呼，简称还好听一点。

他的名字正确的念法应该是切嗣（Kiritsugu）。

他就是封印指定魔术师卫宫矩贤的儿子。

×　　　　×

深夜，切嗣回到位于丛林深处的木屋。迎接他的是父亲安心的表情。

"切嗣，你没事真是太好了……"

父亲一看到切嗣就抱住他。切嗣双肩与背上的触感是他睽违许久的感觉，就连自己都不记得父亲已经多久没抱过他了。个性严肃的父亲很少像现在这样真情流露，只是一个拥抱也能让切嗣感受到父亲平时隐藏在心里的父子之情。

父亲放开手之后神情一变，语带怒意质问切嗣。

"我应该已经千叮咛万嘱咐，告诉你今天绝对不可以走出森林的结界。为什么不听我的话？"

"……我很担心夏蕾。"

一听见夏蕾的名字，父亲很不自然地移开视线。光是这样一个小动作，足以让切嗣明白事情的经过了。

"爸爸早就知道她身上发生了什么事吧？所以才会命令我不准出去对吧？"

"……那孩子的事情我真的觉得很遗憾。我已经和她说过实验药品很危险不可以碰，看来她还是忍不住好奇心。"

虽然父亲说话的语气很难过，却没有一丝悔恨或是惭愧，只有无以排遣的愤怒与焦躁而已，就好像在谈论一个因为小孩恶作剧而被打破的花瓶一样。

"……爸爸，你为什么要研究死徒？"

"研究死徒当然不是我的本意。但是我们卫宫家的研究无论如何都需要耗费长久的时光。在我，或者是切嗣，至少在你这一代一定要想出延长寿命的方法才行。凭着这副受到死亡命运束缚的肉体是无法到达'根源'的。"

"爸爸……总有一天你也想把我……变成那个样子吗？"

"你在说什么傻话……无法完全压抑吸血冲动的死徒变化根本就是失败——关于这一点，夏蕾倒是意外为我提供了答案。这副实验药剂虽然花了我不少心血，结果似乎并不理想。必须要从理论基础重新开始检讨。"

"……是这样吗。"

切嗣点头会意。

父亲还打算继续下去。他不会因为这种程度的牺牲而气馁，不管重复几次，他都要继续尝试，直到获得令他满意的成果为止。

"切嗣，这件事情以后再说吧。现在我们必须先逃离这里——抱歉，没有时间让你打包行李。协会那些人就快要发现森林结界了。我们立刻就要动身。"

父亲这么说道。看来他老早就预备好要远行，房间的角落有两个大行李箱并排放在一起。逃亡的准备已经就绪，但是父亲拖到现在还没出发——这是因为他到最后都没有放弃相信儿子一定会回到这里吗？

"……现在走，还逃得了吗？"

"我早就料到可能会发生这种事，之前就在南边海岸藏了一艘快艇。这叫做有备无患。"

父亲两手提着行李箱走向门口——背后当然毫无防备。

切嗣拖着沉重的脚步跟在父亲身后，同时从裤袋中轻轻抽出向娜塔莉亚借来的手枪。

点三二口径。黑衣女子向他保证过只要冷静下来从最近距离射击，就算是小孩子也打得中。接下来就是切嗣的问题了。

少年举枪对着父亲毫无戒心的背后，心中告诉自己要想着渔村在火光中燃烧的光景以及夏蕾最后变成的那副模样——但是在他脑海中浮现的，却是这十多年来与父亲两人共同堆砌起来的记忆。种种回忆都让他体会到父亲隐藏在心中对他的温柔与亲情。

父亲很爱切嗣，对切嗣有所期许。切嗣也爱父亲，以父亲为荣。

切嗣心里想着至少闭起眼睛，却没有这么做。他睁大双眼瞄准，迅速扣下扳机。

枪声比他想象中还要清亮。

从身后被射穿颈部的父亲向前倒地。切嗣没有停下脚步，一边走近，一边接着对后脑勺开了一枪、两枪。然后他停下脚步，朝脊椎又打了两枪。

真让人难以置信。切嗣对自己的冷静感到害怕。

他一直犹豫到最后，心中确实很挣扎。但是当他拿起手枪，手部动作却好像一切都事先安排调整好似的。他的身体完全不理会心中的想法，有如机械装置般迅速完成"该做的事"。

这样也算是一种才能吗——一种自嘲的感慨浮现脑海，不带有一丝成就感，就这么回归虚无。

血液在木制地板上缓缓流淌开来。父亲已经不在了，躺在地上的不过是一具尸首。这玩意儿就是一切的元凶。就因为抢夺这种玩意儿，这座岛上的居民才会全数被杀，化为灰烬。

夏蕾说过父亲是一个很了不起的人。切嗣自己也认为父亲拥有的力量能够改变这个世界。

两个年轻的孩子究竟认为魔导是什么？对魔术师这种人生又抱持着什么样的期待？

一开始，切嗣甚至没有发觉自己正在哭泣，他也不知道这是悲伤还是悔恨，只有深不见底的空虚感而已。

右手的枪好重，重得他承受不了。切嗣想要扔下枪却又扔不下来，他的手指动不了，紧紧扣住枪柄。

切嗣不顾走火的危险，粗暴地甩动右手，想尽办法放开手枪。但他愈是狂乱，手指愈是不放松，紧握着手枪。

这时候有人用力抓住他的手腕，像变魔术一样轻而易举把手枪从切嗣手中抢下来。切嗣这时候才发现娜塔莉亚就站在自己身边。

"这里的结界哪有你说的那样坚固，我轻而易举就突破了。"

娜塔莉亚恨恨地说道。不知道为什么她的语气很严厉，好像在骂人一样。

"……你在生气吗？"

"早知道这么容易，我就不该把这东西交给你这个小鬼头了。"

她不悦地瞥了一眼从切嗣手上夺下的手枪之后，扣回安全装置，收进怀中。

"结果你有没有来得及赶上都只是凭运气对吧？"

的确是千钧一发，卫宫矩贤已经准备要动身离开了，如果这时候让他平安逃掉，他一定会再次销声匿迹，然后完全不理会这座岛上发生过的惨剧，在某处重新开始研究死徒。

切嗣不能依赖运气，千万不能让他逃掉。

"想要杀死他——只能靠我下手。"

"拿这来当子女弑亲的理由，真是烂到不能再烂了。"娜塔莉亚愤愤不平地骂道。

切嗣心中似乎已经看开，哭湿的脸对她露出微笑。

"……你真是个好人。"

娜塔莉亚盯着切嗣那张笑脸瞧了瞧，然后叹口气，扛起卫宫矩贤的尸体。

"我带你出岛，接下来的事情就要靠你自己去想了——有没有什么东西要带走？"

切嗣坚定地摇摇头。

"什么都没有。"

×　　　×

结果……接下来纪念的岁月，切嗣都是跟随着娜塔莉亚·卡明斯基一起度过的。

　　娜塔莉亚当然不会把孤儿当作一般小孩子抚养，她可没有这种空闲时间与爱心。切嗣理所当然地被她当成帮手使唤，不过这也是切嗣自愿的。

　　向娜塔莉亚学习，锻炼自己。这也代表切嗣将会踏上与娜塔莉亚相同的人生道路，换句话说就是决心成为一名"猎人"。

　　置身于外界现实的切嗣过不多久就了解到其实亚利马哥岛上的惨剧绝对不是特例，这种愚蠢的事情在这个世界的黑暗面就像是日常生活一样重复发生。

　　太过执着于追求真理而不惜四处散播灾厄的魔术师，以及为了暗地里收拾魔术师而不择手段的两大组织。有关神秘以及隐匿神秘的斗争经常到处发生，甚至多到让娜塔莉亚能够靠这份工作混口饭吃。

　　杀掉卫宫矩贤这名魔术师的行为根本算不上防止悲剧再次发生——这种处置等于是从汪洋大海里掬起一滴水一样，一点作用都没有。

　　切嗣在那天亲手杀死父亲，如果他想要在弑亲的行为当中真正找出什么价值……

　　就只有当他把和父亲相同的异端魔术师全部猎杀之后才能找到的救赎而已。

　　封印指定执行者。

　　他们是追捕偏离世道之魔性的猎犬。少年毫不犹豫地下定决心选择这种非人的血腥人生。

　　娜塔莉亚不隶属于任何组织，纯粹只为了酬金追杀猎物，是一名不折不扣的雇佣兵。她的目标是那些发现宝贵研究成果，却脱离魔术协会的管理，躲起来打算暗自继续追寻真理的"封印指定"魔术师。魔术协会与以审判为名抹杀异端的"圣堂教会"不同，保存"封印指定"魔术师的研究成果才是协会的第一要务。

其中最贵重的就是刻在魔术师肉体上的"魔术刻印"。魔术师将耗费好几个世代的时光所钻研的魔导烙印在继承者的肉体上，把更加艰深的探索托付给下一代。

娜塔莉亚与协会交涉，将卫宫矩贤尸体上回收的魔术刻印一部分让其子切嗣继承。虽然协会方面先取走重要部分之后才答应妥协，切嗣继承的只是剩余的"残渣"而已，还不到矩贤想要交付给儿子的所有刻印的两成，但也足以让切嗣成为独当一面的魔术师。不过切嗣本来就完全不打算继承父亲的遗志，继续研究。

切嗣从娜塔莉亚身上学习魔术不是为了当成此生的志向，而是一种工作手段。事实上，魔术只是少年从这名女猎人身上学到的众多"手段"当中的一样。

跟踪技巧、暗杀手法、各式各样兵器的使用方式——猎犬不是只有一颗"獠牙"而已。为了在各种环境与条件之下追捕并屠杀猎物，需要不断学习全方位的技术与知识。

某种意义上，这也算得上是人类智慧极为严苛的一面。切嗣亲身学习到人类为了宰杀与自己长相相同的双足兽，耗费了多少时间与智慧在精研"杀人"的技能上。

充满血腥与硝烟味的岁月飞也似的过去了。

卫宫切嗣把年少时期最多愁善感的青春期全部耗费在极为苛刻的经验与锻炼当中，他的外貌已经完全没有少年天真无邪的样子，再加上东方人本来就不容易看出实际年龄，他的三本假护照全都登记为成年人，使用的时候从来没有人怀疑过。

就算有人注意到他的身高或是脸上没什么胡须，也绝对不会想到那双阴郁、冷酷又干涸的眼睛竟然出自一位十多岁少年。

这一天——

当切嗣知道自己的老师同时也是伙伴的娜塔莉亚正面临一生中最险恶的危机时，他仍然喜怒不形于色，一步一步确实完成自己的工作。

切嗣的内心虽然因为焦急慌张而乱成一团，但是再怎么样他都没有办法支援娜塔莉亚。现在她的战场在高度三千五百英尺以上的高空——一架巨型喷气飞机的内部。

整件事情始于他们追杀一名叫"魔蜂师"的魔术师奥德·波扎克。

虽然并不完全，但是这位魔术师成功转化为死徒，借由自己的蜂类使魔毒针让手下操控的食尸鬼增加，是一个非常危险的人物。他改变自己的外貌，扮成平民，已经消失了一段很长的时间。四天前，切嗣两人得到情报说失踪已久的波扎克将会搭乘从巴黎出发前往纽约的空中巴士Ａ３００客机。娜塔莉亚决定要在二百八十七名乘客中找出不知相貌也不知假名的目标，勇敢挑战这场困难度极高的"猎杀行动"。

身为搭档的切嗣没有一起搭上飞机，他被委派的任务是先行前往纽约，根据可靠情报寻找识破波扎克变装的线索。师徒两人在空中与地面保持密切联系，在密闭的空间中安静地、确实地过滤出猎物的座位。

让人意外的是，暗杀行动在起飞后大约三个小时就迅速完成了，但是真正的惨剧之后才开始。

最致命的意外是波札克竟然瞒过海关，将"死徒蜂"带进机内。娜塔莉亚没能清除掉的死徒蜂接连蛰刺乘客，巨型喷气飞机的座舱转眼间就变成食尸鬼横行的地狱。

即便娜塔莉亚已经是老江湖，但是在这个无路可逃的密闭空间遭受无限增长的食尸鬼攻击，情况还是相当不乐观。虽然切嗣无计可施，只能通过无线电听着事态随着时间流逝逐渐恶化，但是他依然不放过任何能够让娜塔莉亚生还的可能性。

娜塔莉亚以往对切嗣再三交代过一个大原则——"无论如何都要不择手段活下去"。切嗣深信这个信念这次也会为这名身经百战的女猎人带来生机，他坐在已经两个小时无声无息的野外无线电之前，默默等候来自伙伴的通讯。

终于就在夜空的星辰开始被青灰色黎明所掩盖的时候，无线电终于打破沉默。疲惫不堪的女性声音混着杂音传了出来。

"……听见了吗？小鬼头……你应该还没睡吧？"

"收讯状况很好，娜塔莉亚。今天早晨对我们这两个整夜没睡的人来说都不太好过啊。"

"如果你敢说昨天晚上在床上舒舒服服睡了一觉，我一定会掐死你……好了，我有好消息与坏消息，你想先听那一个？"

娜塔莉亚发出一阵干笑之后，没好气地问道。

"依照老规矩，当然是先听好消息啊。"

"ＯＫ，那就先说值得庆贺的好事。总之呢，我还活着，飞机也没事。我刚刚才保住了驾驶舱。虽然机长与副机长都已经挂了让人很想哭，但只是操纵飞机的话我也会，前提是轻航机那套要行得通才行。"

"和管制塔台联络了吗？"

"联络上了。他们一开始还以为我在开什么恶劣的玩笑，不过还是愿意好心地帮我一把。"

"……那坏消息呢？"

"嗯——结果没被咬到的人只有我，三百名乘客全都成了食尸鬼。驾驶舱那扇门的另一头已经变成在天上飞的死城了。真叫人毛骨悚然啊。"

"……"

这是切嗣所能想到最糟糕的情况——他知道如有万一，真的可能会演变成这种状况，早就已经做好了心理准备。

"那种情况下，你……还能活着回来吗？"

"还好啦，这道门够坚固。虽然现在外面抓得啪啪响，不过不用怕被冲破——倒是如何着陆让我担心。这种庞然大物，我真的应付得来吗。"

"……你一定没问题的。"

"你这是在为我加油打气吗？真让人贴心呢。"

僵硬的干笑几声后，接着是无精打采的叹息声。

"距离机场还有五十多分钟，这段时间拿来祈祷实在太长了点——小鬼头，你就陪我聊一会儿吧。"

"……可以啊。"

两人就这样开始闲聊了起来。一开始先交代刚才断讯的两个小时之间发生了什么事，然后对已死的波札克展开一连串没完没了的恶毒痛骂，接下来话题很自然地带到过去两人收拾掉的魔术师与死徒，回想他们共同闯过的修罗战场。

娜塔莉亚平常话不多，但今天却特别多嘴。想要让自己的注意力从客舱传来的食尸鬼呻吟声与不断敲打驾驶舱门的声音移开的话，像这样不停说话应该是最好的办法吧。

"你这小鬼头当初开口说要跟着我做生意的时候，我真是伤透脑筋了。因为就算我说破嘴，你好像也不会放弃。"

"我这个徒弟看起来这么没前途吗？"

"不是……你是前途无量，好过头了……"

娜塔莉亚发出几声特别干涩的苦笑，坦言说道。

"……什么意思？"

"动手的时候完全不受心理的影响——大多数杀手要有这番觉悟都要花上几年的时间。但是小鬼头，打从一开始你就有这样的觉悟，这可是非常不得了的天分啊。"

"……"

"但是依照自己的天分挑选职业不见得是幸福的。才能这种东西只要超过了某种界线，就会扼杀当事人的想法或感情，直接决定人生的道路。行动的时候不思考'自己想要做什么'，只想'自己应该做什么'，人走到这一步就完了……那种人只不过是一台机器、一种现象罢了，根本不是一个人该有的生活方式。"

长久以来看着少年长大的老师所说的话就像是冰冷的寒霜一般沁入少年的心底。

"我……还以为你是一个更冷漠的人。"

"都过这么久了还说什么，我当然是一个冷漠的人啊，我哪一次对你客气过？"

"你总是很严厉，一点都不留情——真的用尽全力教导我。"

"……锻炼男孩子一般来说是父亲的工作。"

通讯机的另一头，娜塔莉亚支吾了一阵子之后，无可奈何地叹了口气，用诚挚的口吻坦白说道："以你的情况来说，我就像是夺走那个机会的主因。该怎么说呢……我多少也觉得有点过意不去。"

"我也没有别的生存手段可以教你。"娜塔莉亚带着一点自嘲的语气，补上这么一句话。

"你自认为是我的父亲吗？"

"别弄错男女性别了，没礼貌的小子，至少要改成母亲。"

"说的也是，抱歉。"

切嗣本来想要开几句玩笑，却没有了这种心情，他只能勉强用嘶哑的声音道歉。

两人用无线电通话，看不到彼此，当然无从得知对方是什么表情。所以娜塔莉亚也不知道切嗣此时的心境吧。

"有好长一段时间我都是一个人过着血腥的生活，时间久到都忘了自己是孤单一人。所以说……呵，也满好笑的，有种和家人在一起的感觉……"

"我也——"

事到如今，告诉她这件事又有什么用。切嗣听到内心这道冷酷的声音自问道，但他还是继续说下去。

"——我也是一直把你当母亲一样看待。我很高兴自己不是孤零零的一个人。"

"我说切嗣，这种让人下次见了面超尴尬的话，你就别再说了。"

从娜塔莉亚的语气听得出来她真的觉得有点不知所措，她同样还不习惯"害臊"的感觉吧。

"真是的，步调都乱掉了。再过二十分钟就要着陆，如果在紧要关头想起这件事笑出来，出了什么差错我可是会没命的。"

"抱歉，是我不对。"

这句道歉的话语一点意义都没有。

娜塔莉亚已经没有必要尝试如何在跑道上降落。

因为她与切嗣再也不会见面了。

知道这件事的只有切嗣一人。

切嗣已经觉悟了。当娜塔莉亚没有在食尸鬼增生之前把它们全部杀光的时候，她就已经没有生还的希望，载满死人的客机只能在没有操纵者的情况下坠落大西洋。成功杀死"魔蜂师"波札克的代价就是娜塔莉亚·卡明斯基和全体乘客的性命——切嗣打算接受这令人痛心疾首的结果与成就感。

但是切嗣并没有低估老师娜塔莉亚在生死关头发挥出来的强大韧性。她的信念就是"无论如何都要活下去"的不屈意志，切嗣不排除她可能会逃过坠机的命运——这是他预料中最坏的情况。

娜塔莉亚一向以自己活命为第一优先，对于造成什么样的结果她完全不会考虑。

即便让那架载着将近三百只食尸鬼的客机降落，把那群饥饿的死人在机场放出来——如果除此之外别无其他生还机会的话，娜塔莉亚一定会这么做。正因为切嗣知道她是这样的人，所以他才会疯狂做准备以应付"万一的状况"。

如果想要避免灾祸更加扩大的话——绝对不能让那架空中巴士Ａ３００降落。

不论娜塔莉亚是生是死，这都是不变的事实。

切嗣在深夜里的纽约四处奔走，用遍了所有管道。就在一个小时之前，他好不容易才拿到流出黑市的吹箭（Blow Pipe）携带式地对空飞弹。

而现在，切嗣正坐在漂浮于海面的快艇上，等着娜塔莉亚搭乘的飞机出现。这里位于航道的正下方，飞机在接近纽约肯尼迪国际机场的时候会在这里降低高度，进入飞弹射程勉强可及的范围内。

当切嗣拼了命想采买武器时，以及驾着偷来的快艇前往射击位置时，他一直不断质疑自己这个人的精神构造。

如果只是对娜塔莉亚见死不救的话倒还好。就算切嗣安慰自己她的死能够避免惨剧发生，好歹这也算是正常的心理反应。

但是他为了避免所爱女性生还的"奇迹"发生，竟然一步步地算计如何才能确实置她于死地。这样的自己究竟是一个什么样的人？

如果切嗣最终只是白忙一场的话，心理上至少还能获得一点安慰。但是残酷的现实仍然不肯放过卫宫切嗣，此时奇迹般平安无事的空中巴士Ａ３００为了让他亲手杀死娜塔莉亚，在破晓的天际展现它的银翼，出现在切嗣的面前。

"……说不定我已经老了，不中用了。"

娜塔莉亚仍然深信无线电另一头的切嗣人还在纽约的旅馆，用毫无戒心的语气懒懒地说道。

"之所以会出这种错，可能就是因为办家家酒的游戏不知不觉让我松懈了吧。如果真是这样的话，也该是时候了。是不是应该退休了呢……"

"退休不干的话，今后你什么打算？"

切嗣勉强装出一副若无其事的声音。另一方面，他的双臂将扛在肩上的吹箭飞弹准心对准飞机的机影。

“如果失业的话——哈哈，这下当真只能演演母亲的角色了呢。”

切嗣的眼眶盈满泪水，但是他的双眼依然精准地读取距离标示——距离已经进入一千五百米以内，绝对能够命中。

“你——是我真正的家人。”

切嗣以低沉、嘶哑的声音这么说完之后，将飞弹发射出去。

前几秒钟需要手动导向，就在他的指尖将带着杀意的准心对着娜塔莉亚座机的这段时间，所有与她共同的回忆在脑海中闪过。

这种折磨没有持续多久。弹头的搜索系统一捕捉到喷气客机的温度，飞弹便脱离切嗣的控制，如同一头饥饿的鲨鱼般无情地朝目标冲过去。

飞弹直接命中机翼下方的引擎。切嗣亲眼看着机翼折断的机体倾斜。

接下来的毁灭仿佛就像是一幅被风吹散的沙画一样——失去空气动力支撑的铁块就像被压扁似的扭曲断裂，化成一块块碎片静静地落入清晨的海洋中。掉落的金属碎片在晨曦中闪闪发亮，让人联想到游行时的碎纸花。

第一道曙光从水平线的彼端射出。切嗣沐浴在娜塔莉亚终究没能看见的这个早晨阳光下，独自一人压低声音不断哭泣。

就在任何人都浑然不觉的情况下，切嗣又拯救了他不认识的大众。

你看见了吗？夏蕾……

这次我又杀了人了。就像杀死父亲一样，我又杀了人，我没有再重蹈你那时候的覆辙。我，拯救了好多人……

假使人们得知切嗣的行为与意图，他们会觉得感激吗？那些在机场最终免于面对恐怖食尸鬼的人会把切嗣奉为英雄吗？

"开什么玩笑……开什么玩笑！混账！"

切嗣紧握住已经开始冷却的飞弹发射筒，对着逐渐转亮的天空放声嘶吼。

他不要名誉，也不要别人感谢。他只想再见娜塔莉亚一面，等待哪一天能当面喊她一声"妈妈"。

这种结果虽然不是他所期望的，却是正确的判断。切嗣的决定十分正当，毫无争论的余地。注定一死的人被消灭，不该死的人得救。如果这不是"正义"的话那又是什么？

他回想起一张久远之前已不再复见的面容。在耀眼的阳光之下问切嗣"长大后想要成为什么样的大人"，那心爱之人的眼神。

那时切嗣应该回答她的——如果能够改变这个世界，如果能够获得奇迹的话，他会回答"我想成为'正义的使者'"。

那时候他还不了解。不了解这座名为"正义"的天秤会从他身上夺走什么、让他做出什么样的事。

"正义"从切嗣身边夺走了父亲，夺走了他第二个母亲，甚至就连让他感受手上的血腥，怀念他们的权利都夺走了。

切嗣已经无法带着平静的心情回忆那些他所爱人们的声音与身影。他们将会在噩梦中永远不断折磨切嗣，绝对不会原谅切嗣做出无情的判断舍弃了他们，扼杀他们的生命。

这就是名为"正义"的苦刑，他所憧憬的理想必须付出的代价。

事到如今已经无法停下脚步了。在他停下来的瞬间，过去追求的一切都会变成枉然。他所付出的代价和累积的牺牲全都会崩坏，失去价值。

切嗣今后一定会遵从心中的理想。就在他憎恨理想、诅咒理想的同时，他仍会继续正确地完成理想。

他在内心发誓要接受这一切。

接受这道诅咒吧，接受这股怨怒吧。衷心期望未来当眼泪干涸的时候，他会有如愿以偿的一天。

如果他手中的残酷是人世间之最的话……

那么他也一定可以收起这世上所有的泪水，全部抹去吧。

这就是卫宫切嗣年少时光的终结——

这一天早上，他决定踏上那条脆弱、险恶但却不变的道路。

−48：11：28

天色未明的时候，言峰绮礼站在远坂宅邸的门前。

自从召唤 Archer 之后，他已经有十天没有来过这里了。过去他曾经以实习魔术师的身分在这栋洋馆度过三年的时光，虽然时间不算长，但是在冬木市里，他对这栋洋馆的亲切感还更胜于冬木教会。

"欢迎你来，绮礼。我正在等你。"

虽然绮礼在这怪异的时间来访，但是一听到门铃声远坂时臣还是马上出现在门口，昨晚冬木教会的会谈结束之后他应该一直没有阖眼吧。绮礼依循师徒之礼深深垂首。

"在我离开冬木之前，先来向您告辞。"

"是吗……事出突然，我真的感到很抱歉。以这种方式和你别离，我也觉得很遗憾。"

虽然嘴巴上这么说，但是时臣的表情完全看不出他对放弃绮礼感到一丝内疚。也难怪，就时臣的认知来看，言峰绮礼只不过是远坂家从圣堂教会借来暂用的棋子而已。

圣杯战争对绮礼来说没有任何报酬，单纯只是上级指派的战斗任务——如果时臣是这样认为的话，现在与绮礼分道扬镳就不是背叛或是排挤，而是让他从职务中解脱。道别的时候只需要慰劳他的辛劳就够了。

"我会搭乘中午的班机前往意大利，先把父亲的遗物送到总部去。可能有一阵子不会再回日本了。"

"这样啊……进来吧，还有时间可以稍微聊一聊吗？"

"是的，没有问题。"

绮礼不露声色，再次踏进远坂家的家门。

✕　　　✕

"我打从心底觉得非常惋惜。绮礼，我真的很希望你能代替璃正先生亲眼见证我远坂家成就宿愿的那一刻……"

虽然宅邸里除了时臣之外没有其他人，但是客厅一尘不染，整理得干干净净，应该是时臣使用低级灵或是其他什么方式打扫过吧。战时竟然还有心力清扫家里，不愧是时臣，气度果然不凡。

"你对艾因兹柏恩做出多余的举动虽然让人很遗憾，但是我知道你是为了让战况对我有利才这么做的。这可能是代行者的做事习惯，不过我还是希望你在事前或是事后能向我报备一声。早知如此，昨天晚上我就不会带着你参加会议了。"

绮礼似乎对时臣宽大为怀的态度大为感动，低下了头。

"一直到最后还给导师您添麻烦，实在过意不去。"

时臣点头接受绮礼的赔罪之后，不改认真的表情，以诚挚的语气对绮礼说道："虽然我们是因为圣杯战争才结识，但是无论中间发生过什么事，我至今仍然认为收你为徒是我的骄傲。"

绮礼差点就要忘记压抑感情笑出声来，时臣却完全不知道自己的爱徒内心在想什么，抱着毫无虚伪的真诚心意继续说道："素养方面虽然是勉强不来的，不过身为一位修道者，你努力修炼的态度就连我这位老师都深感敬佩——绮礼，我希望你能像你的先父一样与远坂家保持良好的关系，你觉得如何？"

"求之不得。"

绮礼点头回答，还露出淡淡的笑容。过去三年，时臣始终错判徒弟的人格与精神性，这次他还是一样误会绮礼脸上笑容的涵义，喜不自胜地点头说道："你的品格实在值得为他人表率，我一定要让小女向你看齐。绮礼，希望在这次的圣杯战争结束之后，你能以师兄的身分指导凛。"

时臣说完，从书桌的角落拿起一封之前就已经写好的书信递给绮礼。

"……导师，这是？"

"算是遗书吧，虽然只是一些简单的内容。"

时臣说完之后，好像觉得自己不适合这些话似的，脸上露出为难的苦笑。

"我想应该要考虑到有什么万一的情况。这上面有我的署名，表示把家主之位传给凛。还有指定你当她的监护人，直到她长大成人。你只要帮我把这封信交给'时钟塔'，接下来的事情协会会帮忙照料。"

绮礼终于知道时臣是认真的，而不是嘴上说说而已。虽然心中觉得讽刺至极，但是他特有的严肃认真个性让他谨慎地接下了这份责任。绮礼毕竟是圣职人员，对于他人所托之事一定要以诚实严谨的态度去完成。

"请交给我吧。弟子虽然不肖，但一定会负起责任照顾好令千金。"

"谢谢你，绮礼。"

时臣用简短一句话表达真诚的谢意之后，又拿起放在书信旁边一个黑檀木制的细长盒子，交给绮礼。

"打开来看看，这是我个人想要送给你的。"

绮礼依言打开盒盖一看，有一柄潇洒的短剑躺在天鹅绒内衬当中。

"这是——"

"这是阿索德剑，是我家家传的宝石艺品。填入魔力的话也可以当成礼装使用——这柄剑证明你修习远坂家的魔导，完成了实习课程。"

"……"

绮礼拿起短剑检视，花了好一段时间端详尖锐锋利的剑尖。

在时臣的眼中看来，绮礼掩去一切感情的脸庞或许是感动万分的表情吧。

"吾师……您对我这名不肖弟子如此厚爱，我实在不知道该如何表达我的谢意。"

"我才应该感谢你。言峰绮礼，如此一来我就能无后顾之忧地面对最后的战斗。"

时臣带着毫无恶意的明朗表情说着从沙发上站起身来。

此时此刻——绮礼的脑海中不禁浮现出命运这两个字。

有人说命运是一种试图在累积的偶然中寻找出特别意义的渺茫尝试。那么远坂时臣在这个时候把刀器亲手交给言峰绮礼，难道连这极为凑巧的事实都没有任何必然性吗？

"不好意思，耽误你这么久的时间。希望你还赶得上飞机——"

还有现在，走向门口的时臣毫无防备地将他的背后呈现在绮礼面前也只是偶然而已吗？

"不，您用不着担心，导师。"

如果这是一种必然的话，所谓的命运是否单纯得只是由愚蠢、错误与蒙昧所造成的？就是为了背叛人们的祈愿与希望，将一切导向错误的方向吗？

绮礼笑了。这是他从未有过的愉快笑容。

"因为我本来就没有预约什么飞机。"

绮礼很惊讶自己竟然也可以露出这种笑容。面对这意外的收获，就连他将短剑插入眼前背影的触感都变得不甚鲜明。

"……啊？"

作为友情与信任的象征的阿索德剑顺利穿入肋骨间隙，刺进心脏正中央。只有经过锻炼的代行者才有这种精准无比的突刺技术。没有一丝杀意，也没有一点征兆，可能就连被刺杀的时臣自己一时之间都还无法理解胸口的剧痛究竟代表什么意义。

但是在心脏最后一次跳动送出的血液流过大脑的期间，时臣仍然有余力思考。他踩着摇摆不定的脚步转过身子，看着绮礼面露愉快笑容，满手鲜血——时臣的眼神到最后仍然满是疑惑不解，就这样带着不知所以然的恍惚表情倒卧在铺着地毯的地板上。

这名魔术师到最后一定仍旧固执于自己的想法，在不明白真相的情况下就这么断气了。其实这也很像他的作风，坚信自己的生存之道，踏出脚步时毫不犹豫——直到最后一刻仍然浑然不觉脚边就有一个大洞。

在逐渐冰冷的遗骸旁涌起一阵灿然生辉的气息，闪耀的黄金从灵现出实体。

"这种结局真是让人扫兴。"

Archer 鲜红色的双眸露出貌视的眼神，用脚尖顶了顶已死召主的脸庞。

"本来还期待你们会打上一场。瞧他这副傻不愣登的死相，一脸到最后都没发觉自己有多愚蠢的表情。"

"因为灵体化的英灵在身边守护着，也难怪他会大意吧。"

听到绮礼的讽刺，Archer 痛快大笑。

"这么快就学会怎么开玩笑了吗？绮礼，你的进步神速，值得嘉奖。"

绮礼用严肃的态度，再一次对 Archer 问道："你真的没有意见吗？英雄王吉尔伽美什。"

"只要你不让本王觉得无趣……不然本王照样也会舍弃你，绮礼。就像躺在这里的尸首一样。需要做好心理准备的人应该是你。"

即使问题又被丢回来，绮礼还是面不改色地点点头。

作为托付性命的伙伴，Archer 的确是凶险异常的对象。就如同字面上的意思，这是与恶魔打交道吧。他是一名与恩德忠义无缘，就连利害关系都难以揣测，任意妄为又残暴的独裁从灵。

但是——就是这样才适合。

过去，仁义与道德无法带给绮礼任何答案。这名与这些价值观完全无缘的英灵肯定会成为今后在战争中指引绮礼的路标。

绮礼卷起上臂袖子，露出刻印在手腕上的令咒，严肃地吟唱道："汝之身交付于吾，吾之命运交付于汝之剑。若愿遵循圣杯之倚托，服从此理此意的话——"

"在此立誓，汝之供品将成为吾之血肉。言峰绮礼，本王的新召主……"

供应魔力的回路接续成功。左手的令咒再度发生效用，伴随着一阵闷痛，发出光泽。

契约结束。

就在这一瞬间，争夺圣杯的人选当中最强大也是最邪恶的一组人马就在不为人知的情况下诞生了。

"来，绮礼。开始吧……在你的指挥下结束这场闹剧。本王将会把圣杯赐给你作为奖赏。"

"我没有意见。英雄王，你也尽量享受吧。在我得到想找的答案之前，我愿意担任小丑的角色。"

因为愉悦而熠熠生辉的血红色眼眸与陷入感慨的深沉双瞳彼此互相交换一致的共识。

−47：42：07

　　早晨清爽的空气中，卫宫切嗣伫立在深山町某一栋废屋的门前。

　　这栋老屋屋龄虽然已经九十多年，但是没有被拆除也没有被改建过。因为庭院里还留着上个时代的仓库符合切嗣的要求，所以他买下来给爱莉斯菲尔当作备用根据地。这栋房子似乎有很复杂的背景故事，切嗣在订契约的时候还差点与当地的暴力组织起冲突，但是一想到位于市郊的艾因兹柏恩城这么早就被攻破，买下这栋房子绝对不是无谓的花费。

　　Saber 不在这里，本来借由令咒可以感觉到的从灵存在感不在附近。昨晚与远坂的会面中打听到了 Rider 阵营的所在地，她可能已经动身前往了吧。切嗣也打算待会跟上去。

　　只要知道藏身地，想要暗杀那个名叫韦伯的实习魔术师就容易了——不过这要等到 Saber 把敌方从灵引出来之后才行。昨天晚上远坂时臣只身从冬木教会回家时，切嗣虽然尾随在后，但最终还是没能下手。因为他不知道 Archer 是不是正在哪儿监视着，这种情形下袭击召主根本就是自杀。

　　虽然已经找到目标确切的位置，但是切嗣并没有马上赶往那里，而是先到这栋废屋走了一趟。

　　不只是出自于直觉，而是借由诸多要素得出的一种预测……这可能是他最后一次与妻子交谈的机会了。

切嗣并没有受到私情影响，反而完全相反。现在已经有三名从灵淘汰，他非常明白身为"圣杯外壳"的爱莉斯菲尔此时情况如何。如果他了解自己内心的弱点，就不应该到这里来。

对切嗣来说，此时与妻子见面是考验也是一种惩罚。

看着过去心爱的女性成为自己追求的圣杯之祭品，逐渐衰弱而死——面对这样的情况，如果自己还是不为所动的话……卫宫切嗣就没什么好怕的了，在那之后他可以排除一切纠葛与感情，宛如一部精密的机器般亲手掌握圣杯。

说起来，这就是对身为战斗机器的自己进行的最后一道强度测试。

如果他的意志承受不住而溃散的话……那就代表卫宫切嗣这个男人与他怀抱的理想不过尔尔。

切嗣走过荒芜的庭园，来到仓库门前，用预先决定好的暗号敲门。舞弥很快就从里面推开厚重的铁门，探出头来。

两人还没开口说话，切嗣就已经发觉舞弥的变化了。

平时她只关心各种与任务有关的必要因素，眼神总是冷酷而空洞。今天她的眼中却带着一丝紧张与急迫，好像看到切嗣出现在这里让她觉得很慌张。

"……你要见夫人吗？"

看到切嗣默默点头，舞弥低下头，似乎有些怨怼。

"她现在的状况……"

"我知道，我早就已经有所觉悟了。"

切嗣知道他会在这间仓库里看到什么，但他还是来了——舞弥明白了这一点，便没再多说什么，让路给切嗣进去之后与他擦身而过，走出仓库外。

她可能是顾虑到这是夫妻两人，认为不应该在他们两人见面的时候留在现场吧。这层顾虑其实不像舞弥平时的作风。虽然时间不长，但是在与爱莉斯菲尔相处的这段日子里，她或许已经对爱莉斯菲尔产生了一些感情——就像九年前的切嗣那样。

昏暗仓库的一隅，睡美人正躺在魔力静静鼓动的魔法阵当中。她的模样让切嗣有一股似曾相识的感觉。两人第一次的邂逅也是这样。亚哈特老人带着切嗣来到艾因兹柏恩工房的最深处，让切嗣看沉睡在羊水槽中的她。

切嗣还记得那时候他觉得很不可思议。圣杯的外壳——为什么要给予只有短短九年寿命的装置如此惊为天人的美丽外貌。

这玩意儿就是圣杯吗。切嗣开口询问身旁的老魔术师时，正在沉睡的她张开了眼睛。隔着轻摇摆动的羊水看到那双眼眸，切嗣被那双无比深邃的红色眼眸深深吸引。那一瞬间至今仍然烙印在他的心中，宛如昨日般鲜明。

正好就和那时候一样……

就在切嗣的注视之下，爱莉斯菲尔张开眼睛，然后柔柔一笑。

"啊，是切嗣……"

她伸出来的手好像是想抓住满天云霞般摇摆不定，用指尖轻触切嗣的脸颊。

冰冷手指的轻微颤抖明白地告诉切嗣——就连这种简单的动作对她来说都已经极为困难。

"这不是在做梦吧。你真的……真的来看我了吗……"

"是啊，我来了。"

开口说话比想象中还要容易。切嗣击落娜塔莉亚的时候也是这样，不管是指尖或是说话都不受到任何影响。不管心中再怎么绞痛、情感再怎么破碎，他的双手都会彻底完成所托付的使命。

这时候切嗣确信自己一定能赢。

现在的卫宫切嗣状态极佳，可以保证万无一失。

其实打从一开始，他根本不用要求自己要有作为一个人的坚强心智。因为不管他再怎么疑惑痛苦，这种程序错误都不会对硬件造成任何影响。完成目的意识的系统利用其他驱动程序正顺畅地运作着。

切嗣再次了解到——身为一个正常人，自己崩坏得如此厉害，所以他才能成为一部完美无瑕的机械装置。

"我觉得……很幸福喔……"

爱莉斯温柔地抚摸无血无泪的男人脸颊，柔声对他说道。

"坠入爱河……被你所爱……与丈夫和女儿……过了九年……你给了我一切……给了我做梦也想不到的这世上所有的幸福……"

"……对不起，有很多承诺我无法实现。"

在常冬之城中，切嗣曾经告诉爱莉斯菲尔外面的世界有些什么。他告诉她百花绚烂的缤纷、蓝海的波光粼粼。

切嗣曾经发过誓要带爱莉斯菲尔到城外，让她见识这所有的一切。

现在回想起来，那真是不负责任的约定。

"没关系，这些都不重要了。"

爱莉斯菲尔没有责怪切嗣无法实现约定，微笑道："如果有什么幸福是我没能得到的话……就把那些全部给伊莉雅吧，送给你的女儿——我们最宝贝的伊莉雅。"

虽然毁灭近在眼前，爱莉斯菲尔却还能面露安宁的微笑。此时切嗣终于理解她的这份坚强究竟从何而来。

“将来请你带伊莉雅到这个国家来。”

当母亲把一切希望寄托在孩子身上的时候，她将一无所惧。

因为这个原因，她才能露出笑容，毫不畏惧地一步步踏上自己的末路。

“让那孩子看看所有一切……我没机会看到的事物。樱树的花朵、夏天的白云……”

“我知道了。”

切嗣颔首。

对于追求圣杯的机器来说，这些约定是不必要的举动，根本毫无意义。

所以他才要以一个常人的身分点头回应。

亲手取得圣杯，成就拯救世界的伟愿。在那之后……完成使命的机器将会再度恢复为人类吧。

到那时候他才可以为了思念妻子而哭泣。到那时他才可以以父亲的身分全心全意去疼爱女儿。

这些都在不久的将来，几天之内将会来临的结局之后。

只是还不是现在。如此而已。

“要把这个……还给你才行。”

爱莉斯菲尔颤抖的手放在自己的胸口上，把全部力气聚集在手指尖，将身上所有魔力施展出来。

她一无所有的手心突然绽放出金黄色的光芒，温暖地照亮昏暗的仓库。

“……！”

就在切嗣屏息注视之下，光芒逐渐改变形状，形成轮廓。最后终于呈现出闪闪发亮的金属质感，握在她的手中。

那是金黄色的剑鞘。

"爱莉……"

"今后……需要这东西的人……是你。当你面对最后一战的时候……一定派的上……用场。"

爱莉斯菲尔说话的声音比之前更加萎靡无力。

这是当然。"遗世独立的理想乡"是在紧要关头阻止爱莉斯菲尔继续崩溃的最后护符。这件如同奇迹般的宝具本来是以一种概念武装的形式封存在她的体内，现在被她亲手分离出来。

"我……不要紧。有舞弥小姐……保护我……"

"……好吧。"

只要冷静地想一想。

"遗世独立的理想乡"原本是属于 Saber 的宝具，需要有从灵的魔力供给才能发挥功效。爱莉斯菲尔之后根本不可能再与 Saber 一起上前线，就算给她配戴也没有什么战略价值。

就算多多少少能够减缓她的崩坏，也只是杯水车薪而已。

现在的切嗣可以正确而且冷静地做出这种判断。

切嗣接过爱莉斯菲尔交出来的黄金剑鞘。将妻子衰弱至极的身体轻放在冰冷的地板上，站起身来。

"那我走了。"

"嗯——路上小心，老公。"

道别的话语简短而朴素。

卫宫切嗣就这样带着冷冷的眼神离开妻子休息的寝室。

舞弥正在外头百无聊赖地等着，看见走出仓库的切嗣，她静静地屏住呼吸。

一部分原因是因为她察觉到切嗣手上拿着的光辉宝具，立刻便明白这件宝具为什么会交到切嗣的手中。但是真正让她惊讶的是切嗣本人的表情变化。

　　"今天之内我会收拾掉 Rider 的召主。Saber 已经先出发了吧。"

　　"……是的，就在今天早上你过来之前不久。"

　　"很好——舞弥，请你继续保护爱莉的安全。"

　　"我明白……呃，切嗣？"

　　舞弥犹豫不定的声音叫住踩着坚定的步伐正要走出门口的师长。

　　"什么事？"

　　切嗣没有转过身，只是回头。舞弥看着他的眼眸，好一阵子之后才浅浅地叹了一口气，低下头来。

　　"过去的你……终于回来了。"

　　"……是吗？"

　　切嗣低低应了一声，没有任何反应，就这么转过头走出门去。

−47：39：59

　　这一天平静得好像在做梦一样。一天过去之后，韦伯终于确信现在这个状况背后代表着什么意义。

　　他一大早就爬起来，告诉老夫妇今天晚上会晚归，连早餐也没吃就直接前往新都。

　　时间尚早，还不到交通高峰时刻。不过从冬木到邻镇通勤的人好像也不少，前往车站的公交车早已经人满为患了。

　　虽然韦伯还不习惯像这样人挤人，但是就连这种喧闹声都让他感到安宁，安宁到甚至觉得有些空虚。

　　这几天他身边一直有一道若即若离的强大存在感，和那种吵闹、过动与烦人的感觉一比——现在就好像被孤零零地抛弃在祭典活动过后的空地一样。

　　Rider 的气息当然还存在。就像现在搭乘公交车的时候，韦伯还是能够感觉灵体化从灵的强悍存在感正从身旁传来。

　　但是那位彪形大汉却没有现出实体。从前天晚上与 Caster 一战之后，他就一直维持灵体的形态，没有现身。

　　换成是其他从灵，这种状况根本就是理所当然，没什么好奇怪的。因为只要不是战斗状态就不用特地现出实体，耗费不必要的魔力。但是这种想法唯独不适用于伊斯坎达尔身上，再说他追求圣杯的目的就只是想要得到肉身而已。

如果只有几个小时没现身的话，韦伯还能当作他偶然心血来潮。但是一整天都没出现就明显有问题了。那个 Rider 会毫无来由地减少现身频率的理由——韦伯心中有一点头绪。

就算在灵体状态之下，身为召主的人还是可以与从灵对话。只要韦伯开口叫唤，Rider 一定会马上回应，但是韦伯却不愿意这么做。既然已经大略猜到 Rider 会怎么回答，在他准备好可以应付 Rider 的回答之前，他还不想和 Rider 说话。

为此，韦伯一大早就开始采买东西。

首先他前往才刚开门营业的百货公司，在贩卖户外用品的卖场买下一整套登山用的厚重睡袋与保温垫。虽然所费不菲，但是与 Rider 买的游戏机比起来还算小意思。

让他火大的反而是药局专柜上陈列的营养饮料与暖暖包的价格，真是便宜到不行。如果想要以魔术师的方式用现有的药品制作出具有同样效果的道具，显然得花上数十倍的费用。韦伯感到自己身为魔术师的自尊大受打击，一气之下不小心多买了许多。

韦伯再次体认到生活在现代是多么无趣。如果出生时代不同的话，光是他习有魔术这一点就会让众人感到敬佩或是恐惧了吧。为什么自己不是生在那种年代，而是出生在怀炉暖暖包优惠价十包四百日元，日子这么难过的地方呢？

总而言之，韦伯把该买的东西买一买后哪儿都没去，直接回到深山町。坐过距离麦肯吉家最近车站两站之后，在目的地附近的地点下车。他在路边看到的便利商店买了一个鳗鱼蛋花便当，用微波炉加热。因为不想吃冷的，所以接下来就是尽快赶到目的地去。

其实韦伯一直很想赶快问 Rider 究竟情况如何，他的从灵无故不肯现身让他觉得非常不高兴。如果韦伯不够细心，更加漫不经心的话，可能早在半天前就已经开口逼问，然后深刻体会到一件事——身为魔术师的自己竟是这么不成熟、这么软弱，以及Rider故意保持沉默，不提起这些事情的用心。

他绝对不愿意把自己搞得这么难堪，再说光是让从灵担这种不必要的心就已经够丢脸了。

自己的确是软弱又无能，但他还是不愿意主动承认。如果详实做好准备的话，就不会让Rider看到短处，他可以挺起胸膛大声说我明白自己有多少斤两，而且已经做足了万全的准备，一定能获得最好的成果。韦伯就是因为这么想，面对Rider的沉默才会硬着脾气一直默不吭声。

他终于穿过住宅区，来到一片当做绿地公园使用而没有被开发的杂木林当中。

树林间连散步步道都没有。韦伯不断往内走，脚步没有一丝迟疑。虽然晚上和白天看起来印象差很多，但对韦伯来说，这里也算是他已经熟悉的地方。

韦伯终于到达目的地后，立刻四处查看，确认各处要点都没有问题才放心吁了一口气。他马上就在堆满落叶的地面铺上保温垫，开始大吃从便利商店买来的便当。微波炉加热过的便当早就已经冷掉，吃起来没有什么味道，不过也无所谓了。现在最重要的事情就是多摄取一些热量。

"那东西好吃吗？"

经过整整一天一夜，Rider终于出声了。让韦伯惊讶的是明明还是灵体而已，他开口第一件关心事情的竟然是食欲。

"难吃死了。日本的饮食文化也不过如此而已。"

听到韦伯臭着脸这么回答后，保持灵体形态的 Rider 大叹一口气，听起来好像很哀怨似的。

"小子，你刚才在新都从'大阪烧·钟馗'的店门口走过去，连看都没看一眼对不对？那里的摩登烧可是一流的，太可惜了。"

"如果你还想吃的话，那就赶快复原到可以现身的程度吧。"

"……"

这阵沉默让人觉得莫名地尴尬。不过韦伯现在还算游刃有余，年少的见习魔术师顶着一张扑克脸，迅速把鳗鱼蛋花便当扒进嘴里，继续说道："你应该知道这里是哪里吧，这里就是召唤你的地方。虽然灵格称不上是最好，但也还不错。而且那天晚上的魔法阵也还没解除。对你来说，整个冬木最适合你的灵脉就是这里对吧？复原的效率应该也会更高才对。"

本来前天晚上，韦伯就应该要注意到。连续两个晚上使用"王之军势"这种强悍的宝具，怎么可能一点代价都没有。

就算这项大魔术是从其他英灵身上收集魔力，但是展开那么大的固有结界并且加以维持的负担想必非同小可。再加上对抗 Caster 的时候，Rider 自己也在结界中战斗，一身是伤。

这份消耗对 Rider 来说极为沉重，重到让他不得不放弃之前如此坚持的实体化，专心休养。

"我今天一整天都会待在这里睡觉，什么都不做。只要我不死，你要多少魔力都尽量拿去。这样的话你会稍微好过一点吧。"

Rider 的灵体似乎支吾了一会儿，终于发出无精打采的苦笑。

"哈哈哈，既然发现了一开始就说出来嘛。事后才知道早就已经被看穿……该怎么说……嗯，实在有点不好意思。"

"笨蛋！应该早点坦白的人是你！万一遇到什么情况你又不

能活动的话，倒霉的可是我啊！"

韦伯心中重新涌起一股怒气。Rider傻傻地说什么"不好意思"让他无法控制自己的火气，要为了自身无力而感到羞愧的人应该是韦伯才对。

Rider的魔力为什么会降低到需要减少实体化的地步，原因用膝盖想都知道——因为韦伯这个召主的魔力供应量完全跟不上Rider恢复所需要的魔力消耗量。

这件事当然丢脸。这等于证明了自己是一名软弱无力的二流魔术师，不配带领像Rider这么强大的从灵。他觉得很懊悔，也很羞耻。但是韦伯个人特有的心境让他更感到愤怒。

无法正确掌握手下从灵的状况，韦伯自己也有不对的地方，但是千错万错都是因为Rider不肯老实说出来。魔力不够的话就直接讲出来啊，像平常一样狠狠巴韦伯的脑袋，肆无忌惮地开口要求，韦伯才能下定决心或者事先做好准备啊。

吃完便当，韦伯小心注意不要打出油腻腻的饱嗝，接着一边将营养饮料一瓶瓶喝光，一边开口问身边的灵体："为什么一直瞒着不说？"

"没什么啦，因为朕本来还以为可以再撑一撑。河岸战斗的消耗比想象中还要沉重呐。"

这是当然的。Rider为了阻止Caster召唤来的海魔登陆，一直维持"王之军势"的结界直到超过极限。就算他再厉害，也实在是太乱来了。那时候与其顾虑与Saber等人之间的同盟关系，韦伯应该多放些心思在自己的从灵身上才对。

"到头来，你的王牌其实会耗掉相当大量的魔力，对吧？"

"也不会。魔术规模虽然庞大，但是所需的燃料消耗并没有那么多。因为军队那群人，与其说朕叫来的，还不如说是他们自己主动集合过来，倾尽全力维持结界。朕只要依靠他们出力就可以了。"

"你唬谁啊。像那种大到夸张的大型魔术，光是发动就已经不得了了。就这一点来说，最初发出号令的只有你一个人，光是要呼唤那群在'英灵之座'的人就会用掉大量魔力对吧。"

"……"

"一开始我也没注意到。就像你说的，我之前也以为那宝具的效率还真好。因为最初打倒那群Assassin的时候，你从我的魔术回路抽走的魔力量怎么想都太少了。"

就是因为这样，韦伯先前才会误判"王之军势"的魔力消耗。韦伯每每想起自己竟然这么傻傻地信以为真就觉得生气。如果回到魔术就是等价交换的大原则上来看，那种超出一般规模的大型魔术怎么可能随意发动。韦伯早该注意到自己的从灵是一个无药可救的大笨蛋。

因为喝了太多精力剂，韦伯现在觉得胸口一阵气闷，很想吐。他勉强忍耐着反胃的感觉，把睡袋在保温垫上铺好，脱下鞋子钻了进去。

"Rider，你其实是调用自身贮藏的魔力来填补原本我要负担的魔力吧。而且还两次做出这种不经大脑的事情……你究竟在想什么？"

"因为……这个嘛……"

Rider似乎觉得很难启齿，犹豫了很久之后，叹口气说道："老实说，朕身为从灵可是真正的噬魂鬼。如果在魔力消耗全开的时候把小子你也牵连进来的话，可能会危害到你的小命。"

“就是那样我也无所谓。”

韦伯因为烦恼而神情沉重的双眼直直盯着地上，低声说道：“我不要只是坐着等你拿圣杯给我。这是我开启的战争，如果我不流血不牺牲，不付出代价赢取胜利的话就一点意义都没有了。”

之前在新都闲逛的时候，韦伯的战斗意义被 Rider 一笑置之，但是韦伯仍然无法完全放下，也无法完全抛弃。就算别人再怎么嘲笑这个理由小家子气，在他的心中还是有自己不能妥协的坚持。

“我才不管圣杯要怎么用！我根本不在乎之后的事情，我只是想要证明、只是想要确认而已！我这种人——就算是我这种人，也可以用自己的双手抓住点什么东西！”

“可是小子，你这个梦想的前提是如果圣杯真的存在吧？”

Rider 意外的一句话让韦伯吃了一惊，好一阵子说不出话来。

“……咦？”

“虽然每个人都杀红了眼。但现在根本没有证据显示那个冬木圣杯是货真价实的，不是吗？”

韦伯虽然不晓得对方在想什么，怎么到现在还说这种话，但是他确实无从否定这个疑问，只能先点头了。

“你说的是没错，可是……”

“朕以前也曾经为了追求这种‘连存不存在都不知道的东西’奋战过。”

不知为何，Rider 表白的话语既哀愁又冷漠，完全没有平时的爽朗霸气。

“要让世人见识世界尽头之海——朕从前打着这种旗号，在世界各地闹了又闹，害死了不少听信朕而跟来的傻瓜。他们每一个人都是痛快的笨蛋呐，就是那些人最先开始力竭倒下的。一直到最后一刻，他们心里还在梦想着朕所说的世界尽头之海。"

"……"

"最后多亏有些机灵的人怀疑朕，东方远征因此破局。不过那么做才是正确的，要是再那样继续下去的话，朕的军队就会全军覆没，哪儿都去不成了。当朕得到这个时代的知识时……是很难受啦。没想到大地竟然是一个封闭的圆球，世上还有比这更恶劣的玩笑吗。但是就算再不甘心，一看到地图朕也只能接受了。世界尽头之海根本不存在，朕的梦想只不过是妄想而已。"

"喂，Rider……"

就算他说的是真相。

对韦伯来说，他最不愿意听到这种话竟然从伊斯坎达尔本人的口中说出来。

既然在心中描绘着如此强烈、如此勇敢进取的风景——为什么这个男人到了现在还用这么达观的口吻否定自己长久以来的梦想呢？

韦伯正要开口回嘴，话语却在喉咙消弭殆尽。

只要出言反驳 Rider，就会让 Rider 知道自己曾经和他看过同一场梦，让他知道自己曾经擅自踏进他的内心。这件事关联到韦伯的自尊，他绝不能说出来。

"朕已经不希望害其他人因为这种空穴来风的传闻丧命了。如果真的知道圣杯在哪里，朕也愿意回报你想要赌命一搏的志气……可惜现在还不能确定，说不定真相背后还藏着意想不到的背叛，就像这个圆形的大地一样。"

"但是我……好歹也算是你的召主啊。"

虽然韦伯鼓起性子如此反驳道，但是另一方面在他的内心深处却对这样的自己感到无奈而失笑。

明明连正常的供应魔力都办不到，还说什么大话。

明明连从灵打肿脸充胖子，勉力作战的行为都无法识破，还有什么好说。

但是不论韦伯心中在想什么，灵体化的 Rider 依然只是以他平时豪迈的嗓音大笑不止。

"小子，你也愈来愈会说话了嘛！嗯，魔术回路的运转确实比平时更加顺畅，加上从地脉吸收的魔力，只要把白天的时间全部拿来休息，晚上应该就可以再大闹一场了。"

韦伯自己也感觉到有很多魔力经由回路被 Rider 吸去。刚才胸口的苦闷已经完全消退，现在他反而觉得非常疲劳，连动一动手指头都懒。虽然没有流汗，但是浑身无力，就连想要撑着眼皮不要掉下来都很不容易。

"……大闹一场？这次你又想干什么好事了？"

"嗯，这个嘛……今天晚上干脆就去找 Saber 那家伙比划两招。我们再去进攻那座森林里的城堡吧。"

"你该不会又一只手抱着个酒桶去耍人家吧。"

"那当然。朕和她之间该说的话都已经说完了，接下来就只是动兵刃而已。"

Rider 的语气轻松，但是在他的声音当中却隐含着凶猛的气势。虽然挑战 Saber 的决定看似轻率，但是 Rider 自己也很清楚 Saber 是不可小觑的强敌。看起来他已经有了心理准备，这场战斗将会是一场惨烈的激战。

"……依照现在的状况，到晚上你能恢复几成？"

"这个嘛……只是大略的估计啦，使用'神威的车轮'的话，如果力量全开当然有点危险，只是冲刺的话应该没有问题吧。"

　　灵体的 Rider 顿了一会儿，好像在想些什么，然后叹口气继续说道："可是'王之军势'——大概只能再发动一次。"

　　"是吗……"

　　说起来这也是理所当然的。他应该觉得很庆幸，至少手中还能留有这张王牌。

　　"使用的时机就是对抗 Archer 的战斗。那个金闪闪夸张的程度就连朕也只能以这张王牌应付。所以其他敌人就只能用战车来对抗了。"

　　战略上是很正确。但是如此一来又有一个疑问在韦伯心中浮现。

　　"既然这样……Rider，你又何必特地跑去找 Saber 作战？"

　　"嗯？"

　　"因为你不是已经说了一些话，不太把她放在眼里不是吗？既然已经没有多余的战力，今后就应该减少战斗的次数才对。Archer 他……你都已经擅自和他做了奇怪的约定，事到如今也无法避免了。但是 Saber 可以让其他从灵与她对战，等她淘汰出局啊。"

　　韦伯正经八百的提案却换来一阵无力的失笑声。

　　"喂喂，小子。如果现在朕有手指的话，早就在你额头上来一下了。"

　　"什，什么啦！我只是在说一个很一般的战略啊！"

　　如果 Rider 有实体的话，韦伯现在早就已经遮住额头了。但是他还是灵体状态，小个子魔术师才能大着胆子说话。

　　"朕一定要亲自打倒 Saber 那小家伙才行。与她同为英灵，这是朕的义务。"

　　"……那是什么意思？"

"那个傻女孩，如果朕不正确地教训她一番的话，她永远都会走在错误的道路上，那样实在太可怜了。"

韦伯完全不明白 Rider 说的话是什么意思。他只知道这个判断一定与圣杯战争无关，而是征服王有他自己的想法与动机吧。

自己是否应该站在召主的立场阻止 Rider 这种多余的思考——不过实际上韦伯心里也没乐观到认为一定可以回避与 Saber 之间的决斗。Saber 这名从灵的性能实在太强，不太可能等得到旁人打倒她。Archer 这个对手虽然似乎比 Saber 更厉害，但就韦伯看来，他认为那名神秘的黄金从灵可能打算固守以等待敌人的数目减少，比 Rider 更早一步对上 Saber 的可能性很低。

Rider 想要获得最后的胜利，到头来还是非常可能与 Saber 直接对决。

"算了，就随……你去闹吧……"

韦伯本来想要骂 Rider 两句，结果话说到一半却混了一声呵欠，一点气势都没。他愈来愈难以抵挡睡魔的侵袭，硬梆梆的全新睡袋现在感觉起来就像是羽绒被一样柔软暖和。

"好了好了，小子，你就别再硬撑，快睡吧。对现在的你来说，睡眠才是战斗。"

"嗯……"

虽然韦伯还有好多话想说，还是等睡醒之后吧。和没有身形的 Rider 说话虽然不用担心挨打，但是总觉得有一点怪怪的，好像少了什么。更重要的是现在他已经连开口都好累，满脑子就是想睡觉。

韦伯把自身交给这阵虚脱感，终于陷入深深的睡眠当中。

−37：02：47

　　当爱莉斯菲尔下一次张开眼睛的时候，仓库的采光小窗中已经射进染成橘红色的夕阳了。

　　她的睡眠非常深沉，意识的断绝让她觉得今天一整天的时间好像完全不存在似的。这具身体已经渐渐丧失作用，肉体的休眠与其说是睡眠，更像是假死。

　　身体状况好了很多，看来休息似乎有一些效果。虽然她还是无法站起身，但是至少可以毫无问题地与人对话。

　　往旁边一看，久宇舞弥就像是一幅影子画像一样安静，动也不动地坐在墙边角落。位置和姿势与爱莉斯菲尔最后一次看到她的时候分毫不差。她总是低垂的视线就像是一柄出鞘的利刃般锐利，打起十二万分精神，敏锐地注视着半空中。

　　虽然让人觉得无比放心，但是舞弥这种模样看起来实在不像活生生的人类，反而更像使魔或是机器人，连爱莉斯菲尔都忍不住有些畏惧。究竟是何种严苛的锻炼与强韧的精神力才能维持这种惊人的集中力，她完全无法想象。

　　爱莉斯菲尔心中带着一点敬畏，突然有个念头——这名叫做久宇舞弥的女性说不定比卫宫切嗣本人更加彻底表现出他所期望的生存方式。

　　"舞弥小姐。"

爱莉斯菲尔用有如叹息的声音轻唤。舞弥就像是听见狗笛的猎犬一般，迅速而安静地注视着她。爱莉斯菲尔有些过意不去，她只是想要和舞弥随便说说闲话。

"你为什么要为了切嗣战斗呢？"

"……因为除此之外，我一无所有。"

舞弥得知她守护的对象没有觉得哪里不舒服或是有任何不便，只是想要说说话而已。稍微让自己放轻松一些，静静想了一会儿之后回答道。

"我想不起来关于家人的事情，就连自己的名字都不记得了。久宇舞弥这个名字是切嗣为我做的第一本假护照上用的姓名。"

"咦？"

看到爱莉斯菲尔吃惊的表情，舞弥的嘴角微微露出笑意。对于喜怒绝对不形于色的她来说，这已经是她最大程度的友善表现了。

"我只记得那是一个非常贫困的国家，没有希望也没有未来，只能靠着彼此憎恨、互相掠夺的方式获得生存所需的食粮。那里总是有打不完的战争，明明连维持军队的资金都没有，双方还是天天持续彼此征杀……就在这时候，有人想到一个主意。与其征招军人训练，抓小孩子来让他们拿枪还更经济实惠。"

"……"

"所以我只记得自己拿到枪以后的事情。因为精神方面先坏掉了，不过这样性命才能长久。瞄准敌人，扣下扳机。除了这些能力，其他全数舍弃……做不到这一点的孩子会比做得到的孩子更早死，我只是偶然活到遇见切嗣的那一天而已。"

舞弥一边说，一边低头看着自己的双手。细长的手指没有女性特有的柔美，只有让人联想到锐利凶器的刚强。

"我身为一个人的心灵已经死了，只有外在的肉体还在活动，还维持从前熟悉的机能。那就是我的'生命'。捡到这条生命的人是切嗣，所以可以任由他使用……这就是我为什么在这里的理由。"

虽然爱莉斯菲尔早已隐隐察觉到舞弥过去的经历绝对不幸福，但是听她娓娓道来还是远远超出爱莉斯菲尔的想象。

看到爱莉斯菲尔无言以对，陷入沉默当中，这次换舞弥为了避免场面尴尬，对爱莉斯菲尔说道："倒是夫人……我才对你的热情感到惊讶呢。"

"咦？"

爱莉斯菲尔没想到舞弥竟然会把话头接下去，感到有些讶异。

"你一直被关在出生的城堡里，在完全不知道外界的情况下生活度日。没想到像这样的你竟然会为了切嗣想要改变世界而那么努力奋战……"

"我——"

舞弥的这番话让爱莉斯菲尔重新反思自己。

自己的丈夫卫宫切嗣是基于"拯救世界"的理想而行动的。亲眼看到他为了追求圣杯不顾性命的模样，她现在还能说自己怀抱与他完全相同的梦想吗？

"实际上，我不是很了解切嗣的理想是什么样的东西。"

没错。答案是——否定的。

"结果或许我只是装出一副了解的样子罢了，或许我只是想要和心爱的人并肩共行。就像你所说的，我对切嗣想要改变的这个世界完全不了解。我心中的理想从头到尾都只是来自切嗣的现学现卖而已。"

"……是这样吗？"

"是啊，但是不可以告诉切嗣喔。"

对爱莉斯菲尔来说，这真是不可思议的感觉。没想到竟然会有一个人可以让她轻易说出在丈夫面前都绝对不能表明的内心话。

"我总是告诉切嗣他的所作所为是正确的，说他的理想拥有让我奉献生命的价值，就这样一直假扮知音的角色。比起一个只是为了丈夫而死的女性——如果是与丈夫有同样的梦想，为梦想而死的女性，对切嗣来说比较不会造成负担，不是吗？"

"原来如此。"

这种依赖的感觉与爱莉斯菲尔对切嗣的爱情与对 Saber 的信赖不同，这种她第一次体会的感受会不会就是称为"友情"的感情呢。

"那么夫人，你的意思是说你没有属于自己的愿望吗？"

舞弥第二个问题让爱莉斯菲尔回想起与舞弥共同打过的森林之战，那时候她们面对言峰绮礼压倒性的强大力量，驱使爱莉斯菲尔行动的斗志究竟是来自何处？

"愿望……不，我的确是有愿望的。我希望切嗣与 Saber 获得最后的胜利，我希望他们两人拿到圣杯。"

那同时也代表着爱莉斯菲尔的死亡、与切嗣的诀别。

即便如此，这股希望正是从内在驱策爱莉斯菲尔的动力源泉。

"你的意思是……艾因兹柏恩家希望完成第三魔法的宿愿吗？"

"不是，就算没有完成羽斯缇萨的大圣杯也没关系。我的希望是终结战争，如果世界的构造依照切嗣的期望改变，弭平所有争斗的话，那么在冬木追寻圣杯的战争应该也不例外吧。

我真心希望让这场第四次战斗成为最后一次圣杯战争。我不想让更多人造生命体为了圣杯的容器牺牲了。"

舞弥此时半直觉地察觉爱莉斯菲尔心中真正的想法。

"……你是说……令千金吗"

"是的。"

伊莉雅斯菲尔·冯·艾因兹柏恩。她是由人造生命体的母胎接受魔术师的精子而诞生出来的集合炼金魔术之大成。虽然舞弥没有当面见过伊莉雅，但是也听说过她的事情。

"我听说根据大老爷的计划，在我之后成为'圣杯守护者'的人造生命体机能会更加优秀。他的构想不是单纯只把圣杯隐藏在体内，而是将新增的魔术回路装在肉体外，让肉体本身发挥'圣杯容器'的机能。大老爷早在这场'第四次战争'开始之前就已经预料到可能会发生'第五次'，所以才会让我生下伊莉雅。如果我和切嗣失败的话，到时候那孩子就会被拿来当作'天衣'的实验品，用来培育六十年后真正的王牌。"

爱莉斯菲尔原本冷静的语调此时开始带有一些柔情。

这就是爱莉斯菲尔这个人绝对不只是以一具人偶的身分活着的证据。她有心，疼爱他人，幸福的时候会微笑、悲伤的时候会流泪。爱莉斯菲尔与一般人一样在心中怀有这种平凡无奇的温暖。

"我抱着那孩子，为她哺乳……但是我很清楚，这东西终究只不过是'容器'的零件罢了。一位母亲必须用这种方式放弃自己最亲爱的孩子，这种心情你能了解吗？"

"……"

舞弥无言以对，默默地反复思量爱莉斯菲尔流露出的感情。

"这就是艾因兹柏恩家的人造生命体被迫背负的宿命。那孩子也是、我的孙女也是，每一个人生下女儿的时候都会尝到这种痛苦。这种痛苦将会持续不断，直到冬木圣杯降灵的时刻。所以我希望自己是最后一人，我想用我自己一个人的身体结束艾因兹柏恩的执念。如果这个愿望实现的话，我的女儿就可以摆脱命运，那孩子可以过着与圣杯无关的生活，以人类的身分结束一生。"

"这就是身为母亲的爱情吗……"

听到舞弥这么问道，爱莉斯菲尔这才发觉自己已经吐露太多心声，尴尬地苦笑道。

"可能是吧。舞弥小姐，你无法想象这种心情吗？"

"我应该了解吧。别看我这样，我也曾经为人母。"

"咦？"

这句话实在太出乎意料之外，爱莉斯菲尔怀疑自己的耳朵是不是听错了。

听到爱莉斯菲尔似乎让舞弥觉得很抱歉，她放缓语气继续说道。

"你可能觉得很意外，事实上我生过孩子。"

"……你结过婚吗？"

"不，就连父亲是谁都不知道。因为战场上，我们这些女孩子每天晚上都在兵营被大人们轮暴。不晓得是在几岁的时候……总之初潮之后不久我就怀有身孕了。

"我甚至没有机会替孩子取名字，也不晓得他现在是不是还活着。就算没死，那孩子现在也一定在战场上继续杀戮吧。因为在军营里，长大到五岁的小孩就会让他们拿枪。"

"怎么会这样……"

曾经当过少年兵的女性所陈述的过去实在太过凄惨，就连身体已经衰弱不堪的爱莉斯菲尔都大受打击。

"你觉得很惊讶吗？但是这种事已经不稀奇了。全世界的游击队都知道把小孩子当作士兵使用的经济效益，和我有过相同经验的小孩子不但没有减少，数量反而激增。"

随着舞弥平静地说着，她的眼神愈来愈冰冷，说话口气已经没有一点愤怒或是悲伤。在她回忆的景象里根本没有那些温暖的感情，只有无尽的绝望而已。

"夫人，或许初次看见的世界让你觉得很美好，认为生活在那里的人们都过得很幸福。但是如果是我的话，我反而羡慕你生活在那座冬之城里，从没有出来过，不用看到这个世界的丑恶与恐怖……"

舞弥的感慨虽然不是在抱怨什么，但是当她把这些想法说出口的时候，难免带有一些责怪爱莉斯菲尔天真的意思。

舞弥自己之后可能也注意到这一点，摇摇头好像是要否定先前所说的话，然后用更加坚决的话语收尾。

"如果真的可以让这个世界改变成不同的模样……如果是为了让切嗣成就这项愿望……不管用何种方式舍弃这条性命，我都无所谓。"

除了战斗之外一无所有。舞弥用这种方式形容自己，她的话语想必没有一丝夸大，在她的心中没有理想，没有宿愿，就像是被烧灼殆尽的焦土一样，只有虚无的空洞。

她的内心世界虽然与切嗣完全相反，但是作为一名战士，他们两人之间又极为相似。这种矛盾让爱莉斯菲尔胸口一阵酸楚。对切嗣来说，舞弥的存在是模范也是诫律吧。切嗣把她留在身边，以此封锁自身的矛盾，让自己成为冷酷无情的狩猎机械。

"切嗣完成理想之后，你打算……怎么办？"

爱莉斯菲尔的问题第一次让舞弥的视线因为疑惑而游移不定。

"我没有想过可以存活下来。就算真的保住一条命，我活着也已经没有意义了。因为切嗣而改变的世界一定是一个不需要我的地方。"

只知道如何在战火中生存的人在一个完全没有战争的世界里无容身之处。对舞弥来说，这种消极的念头是很理所当然的结论。

这实在太过悲哀又让人难以接受，爱莉斯菲尔忍不住脱口说出："没有这种事。舞弥小姐，战后你还有必须完成的工作。"

"……"

爱莉斯菲尔正面接受女战士疑惑的眼神，语气坚定地说道："你要去寻找才行。寻找你真正的姓名与家人，还有你孩子的消息。这些事情不应该被遗忘，你一定要查个水落石出，深深记在心中才行。"

"是这样吗……"

舞弥与爱莉斯菲的热情相反，语气中带着一丝质疑，依然冷漠。

"如果和平的时代真的到来，像我这种人的回忆就只不过是一场噩梦，只会平白撕开已经愈合的伤口，带来痛苦而已。这么做只是为难得降临的理想世界带来仇恨的种子罢了吧。"

"不是的。因为你的人生不是一场梦，而是真实发生过的事实。把这一切埋藏在黑暗中所营造出来的和平才是充满罪恶的欺瞒。我是这样想的，所谓真正和平的世界不光是一个可以遗忘痛苦的地方。如果人类真的能够达到一个再也没有苦难的世界，届时才能真正学会为遗留在过去的痛苦与牺牲哀悼，不是吗？"

"……"

舞弥沉默不语，看着爱莉斯菲尔好一阵子——然后稍微放松表情，点头说道："这些话你应该早点对切嗣说的，这样他说不定会比现在好过一些。"

舞弥的感想为爱莉斯菲尔的心中同时带来喜悦与寂寥。

逐渐衰弱的她可能——再也没有机会与丈夫说话了。

"舞弥小姐，那就由你来告诉他。用我的这番话来安慰他。"

舞弥没有点头，只是暧昧地耸耸肩。

"我尽量就是了。不过这也是战斗结束之后的事情，现在的情况还不能大意，他和我目前都还不可以掉以轻心。"

这番回答虽然冷漠，但是爱莉斯菲尔还是从中感觉到舞弥个人的幽默感。一想到舞弥可能是想要用这种说话方式逗自己发笑，她就觉得舞弥很滑稽。

"你这个人，实在是——"

就在这时候，一股强烈的摇晃撼动整间仓库。

舞弥的双手立即抱起爱莉斯菲尔因为受惊而缩起的肩膀。她瞬间进入备战状态，像利刃般锋锐的眼神与右手端起的Calico冲锋枪枪口一同指向铁门，动也不动。

仓库再次摇晃，这次厚重的铁门明显由外向内凹陷。有人正在用强大的力量撞门，这种夸张的行为如果不动用重型机具根本办不到。但是对于参加圣杯战争的两人而言，这并不值得惊讶——反而因为绝望而感到背脊发冷。

如果现在想要冲入仓库的人是从灵，舞弥的武器根本不可能挡得住。可是她们也无路可退，面临九死无一生的绝命危机。

但是在感到恐惧之前，两人脑海中闪过的却是难以置信的疑惑。

究竟是谁——用什么方式查到这间仓库……查到爱莉斯菲尔的藏身之处？

如果是使用使魔侦查或是千里眼探测的话，防御结界应该会察觉才对。敌人事前完全没有调查过就直接派出从灵的话，代表对方一定早就知道这间仓库了。

第三次的剧烈震动。最先垮掉的不是铁门，而是装设铁门铰链的土墙。

破裂的灰泥碎片四散纷飞，铁门朝仓库内侧倒下。橘红色的夕阳将切成四方形的外界染成一片血红。

站在外面直冲云霄的巨大身躯正是骑兵从灵——征服王伊斯坎达尔的身影。

在绝望之下，舞弥紧握住手中 Calico 冲锋枪的枪柄。

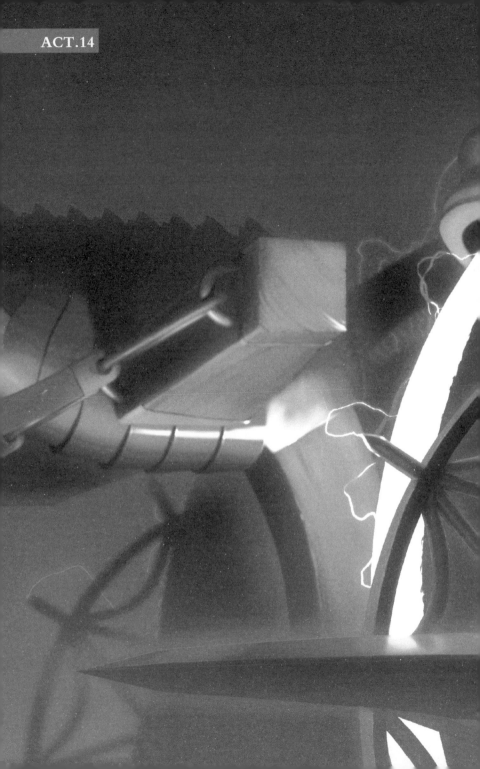

−37 : 02 : 20

黄昏降临的时候，漠然的直觉告诉 Saber 今天守了一整天可能只是徒劳，她感到心浮气躁。

Saber 依照从 Archer 之主远坂时臣那儿得到的情报，来到他所说的深山町地址。她的确在那里找到麦肯吉老夫妇的住处，按了门铃之后出来应门的老妇人也表示这几天孙子和他的友人确实在这里留宿。老妇人似乎也把 Saber 当成他们的朋友之一，对她没有一点戒心，表现得很亲切。

老妇人话语中描述的那两个人百分之百就是 Rider 和他的召主，但是 Saber 完全感觉不到从灵的气息。如果是这种大小的一般住宅，只要有从灵潜伏其中的话，就算从大门口应该也能察觉到才对。

听说那两人一早出门之后还没回来，Saber 虽然也怀疑他们可能用某种手段预先知道她的造访而逃了出去，不过她不认为那个光明磊落的征服王会这么没胆量，他反而应该会正面接战，一决雌雄。

结果 Saber 判断这次扑空单纯只是因为偶然，所以很客气地辞别老妇人。她决定守在麦肯吉家不远处监视,等 Rider 他们回来。

她当然没有对迎接客人的老妇人说出真相。虽然这一家人受到韦伯·菲尔维特的欺骗，但他们只是毫无关系的普通人，没理由把他们卷进圣杯战争里。Rider 一定也有顾虑到这一点。

先前 Rider 为了阻止 Caster 的暴行让整个冬木市陷入危机，曾经把圣杯战争的事情抛到一边，挺身而出。Saber 认为那位征服王绝对不会丧失身为英灵应有的尊严，Rider 回来只要一发现她，一定会希望挑选一个适合从灵对战的场所之后再展开对决。

Saber 很快就发现在路上徘徊实在太过惹人注目，于是坐在附近公交车站的椅子上等候时机到来。她就这么聚精会神地等了好几个小时，直到现在。

虽然从这个位置无法直接监视老人的住宅，但是只要 Rider 一回来肯定会感觉到从灵的气息，发现 Saber 就在这里。到时候他想必不会选择逃避或是偷袭，而会堂堂正正接受 Saber 的挑战，指引她前往适合战斗的地点吧。

说也奇怪，Rider 身为战斗代理人，身为一名从灵，Saber 从来不曾怀疑过他的行事作风。虽然他的人生哲学确实与自己背道而驰，但是有一点无庸置疑，就是那名英灵凡事以不违背自身"王者骄傲"为前提。只要光明正大地向他挑战，Rider 就绝对不会背叛自己，绝不会选择有损自身尊严的战略。

让 Saber 感到不安的原因不是面前的敌人，而是背后。

她的召主卫宫切嗣一定怀着与她完全不同的意图，利用完全不同的方式紧盯 Rider 之主。就像现在 Saber 等着 Rider 的时候，切嗣说不定也正把她当成吸引 Rider 注意力的钓饵，从远处监视——一定是这样没错。切嗣一定看准了 Rider 倾尽全力与 Saber 战斗的时候就是暗杀召主的最佳时机，正在静静守候着。

一想到这里，她的心就不断往下沉。

如果切嗣索性对上 Archer 或是 Berserker 的召主，双方魔术师一决胜负的话，她还能接受。Saber 并不排斥不依赖从灵的力量，利用权谋算计来取得胜利。切嗣追求圣杯有他实际正当的理由，她可以了解切嗣千方百计想提高胜算，务求万无一失的想法。

但是关于与征服王伊斯坎达尔之间的对决，Saber 自己也有无论如何一定要坚持的底线。

Saber 不愿意以从灵这种争夺圣杯的战斗机器身分与 Rider 对决，如果双方不能拿出以自身荣耀为荣的英灵身分彼此竞争的话——前几天的"圣杯问答"在 Saber 心中造成的阴影将会永远挥之不去。

伊斯坎达尔肆无忌惮地宣扬自己的暴虐王道，还以"王之军势"这种超乎想象的形态大肆夸耀。如果不能用同为骑士王理念表象的"应许胜利之剑"打倒他的话，阿尔特利亚的王道将会就此被他驳倒，永不翻身。

Rider 的最终宝具是如此强大，每当 Saber 回想起来总是全身打颤。就算是用 Saber 力量最强的宝具也未必可以取胜。

Saber 无法想象抗军宝具与攻城宝具互相冲击究竟会造成什么样的后果。如果是切嗣的话，他一定认为把胜负寄托在这么危险的赌注上是一件愚不可及的可笑行为吧。但是对 Saber 来说，自身要有光明正当的理想才有资格拿取圣杯，既然有其他事物威胁到她身为一名王者的根本，她绝对无法容忍回避这件事不管而去抢夺圣杯，一定要证明骑士王的王道更在征服王之上，圣杯才会选择她。

所以如果切嗣在 Saber 与 Rider 的战斗中又像上次 Lancer 之战那样多做干涉的话，这次属 Saber 的圣杯战争一定会就此崩溃瓦解，用这种方式获得最后胜利，她绝对无法伸手接下战后送到自己面前的圣杯。

如果 Rider 再度展开固有结界，把他的召主也带进结界里进行战斗的话，就不用担心有不必要的妨害。但是切嗣同样也知道 Rider 手中的王牌，如果他在"王之军势"发动之前耍什么伎俩的话……

Saber 弓着背坐在椅子上，紧紧咬住牙根。无法看穿卫宫切嗣的行动让她心神不宁。与强敌的对决在即，心思却无法集中在战斗上也让她感到焦虑不堪。

在这段伴随着不安的等待时间里，刺骨的寒冷北风不断吹打在 Saber 身上。

×　　　×

正如 Saber 所担心的，切嗣的确就在附近。

切嗣位在距离 Saber 约八百多米远，隔了一块街区的公有住宅地中某栋六楼公寓的楼顶。

国宅公寓的楼顶与一般混居大楼不同，在设计概念上是不给居住者使用的，因此出入不易。相反地，一旦进驻的话几乎不会受到任何打扰。只要藏身在水塔之后就不怕被楼下发现，正适合用来埋伏狙击。

在这里就连香烟的气味都不会被其他人闻到，切嗣把香烟连同饮水与食物一同带上来，可以毫无顾忌地大抽特抽，光是这一点他的精神负担就比 Saber 来得少多了。

Walther 狙击枪架设在双脚架上，瞄准镜正对着麦肯吉家的门口。

切嗣另外还准备了一支观测使用的瞄准镜，坐在公交车站的Saber如果有任何动作都能一目了然。

忙碌地交替观看两支瞄准镜是有点麻烦，但是既然无法仰赖舞弥也只好认命。切嗣已经把保护爱丽斯菲尔的工作交给舞弥，直到最终局面之前都不能动用她。今后的"狩猎活动"只能靠切嗣独自一人进行。

切嗣虽然比Saber还要晚才开始监视麦肯吉家，但是看到应该可以察觉从灵气息的Saber毫无斩获白白枯等的样子就知道Rider不在，这么一来召主应该也一样不在家。没有哪个召主在这种情况下还有胆子留在家里，要是发现敌方从灵开始在门前徘徊的时候应该就会赶紧呼叫Rider才对。

切嗣与Saber不同，狙杀对象不在据点更让他感到担心。竟然偏偏在切嗣等人查到麦肯吉的隔天一大早就出门不归，这个时间点实在太巧合了。虽然没有确切的证据认为韦伯·菲尔维特已经察觉敌人来袭，事先逃走了。

虽然切嗣还是抱持着一线希望继续等待，不过现在也是该想想办法的时候了。

如果韦伯还会再回到麦肯吉家的话，也可以选择使用定时炸弹连人带屋一同炸上天。不过既然他人已经逃走，此时可能已经找到了新的据点，再次出现在这个房子的几率很低。

像之前以索菈乌为饵钓出肯尼斯那样，利用那对老夫妇引诱韦伯进入陷阱的计策——切嗣认为这招没用。

姑且不论作为要塞的防御机能，切嗣对于韦伯选择普通人的住家当成据点伪装起来的判断给予很高的评价。与在浅显易见的地点大刺刺地设置工房的三大家和肯尼斯比起来，这种策略高明得多，他不认为能够做出这种判断的魔术师会对寄宿家庭的家主有所顾虑。对韦伯来说，麦肯吉夫妇应该只是用完就丢的道具而已。

担心浪费宝贵时间的焦躁感与不愿妄下定论的谨慎思考在切嗣的内心彼此倾轧。

虽然切嗣不认为韦伯会再回到这里，但也始终无法舍弃他或许只是偶然不在的可能性。最主要的原因是切嗣始终不了解为什么那名少年魔术师竟然能够在情报战中躲过他的侦搜。

当初切嗣根本没有注意这位以 Rider 召主身分出现的少年。虽然后续的调查查明了他的来历，但是那时关于韦伯·菲尔维特的个人资料也只有他是因为偶然才成为召主的实习魔术师，对战斗一窍不通的结论而已。

切嗣当然不会把经验多寡与能力优劣联想在一起。他还记得自己刚出道时就已经是一个手段非常毒辣的杀手，他也不认为自己是特别稀有的案例。

但是从切嗣几次在战场上观察韦伯的样子来判断——那个少年真的是有能力超越切嗣的难缠人物吗？

就在切嗣开始对没有答案的思考循环感到不耐的时候……

一阵尖锐的剧痛冷不防地烧灼左手小指的指跟，让切嗣感到背脊一阵寒意。

"……！？"

在切嗣让久宇舞弥真正成为他的助手使唤之后，他将舞弥的一根头发施以咒术处理后埋进小指的皮下组织。相反地，舞弥的手指上也埋有切嗣的头发。这个机关的意思是万一其中一人的魔术回路极端停滞——也就是生命力衰弱到濒死的时候，交给另一人的头发就会燃烧，告知对方发生危险。

这项信号是考虑到在最糟糕的状态下，就连使用无线电或是使魔传递消息的时间都没有，也就是代表"为时已晚"的意思。而这项信号在此时发动究竟意味着什么……

还未感到惊讶或是慌张之前，卫宫切嗣已经先动用所有思考能力判断状况与思考对策。

舞弥濒死——同时也代表她隐藏在仓库中的爱莉斯菲尔遭遇危机。现在这时候已经顾不得事发的经过与原因了。

第一要紧的是迅速支援——而在切嗣能选择的所有方式当中，速度最快的就是右手令咒所发动的奇迹。

"以令咒命令吾之傀儡！"

就在切嗣握起拳头的同时，他以如同自动机器般迅捷的速度高唱咒文。

"Saber，现在立刻回到仓库去！"

刻印在切嗣右手上的其中一道令咒此时迸射出强光，发动超乎常理的魔力。

对 Saber 来说，这一下当真完全出乎她的意料之外。

她能够立刻会意过来的是自己被施了某种强大的魔术。下一秒钟，她的空间感完全被剥夺，被扔进不知天南地北的"移动"当中。

只有专门"操控从灵"的极限咒法才能办得到这种事。在速度达到光速的数百分之一，快到几乎颠覆因果律的"刹那之间"，令咒就已经让她突破空间上的距离，完成两点之间的移动。

虽然事出突然，不过 Saber 也是专精于"战斗"，超越凡人的剑之英灵。即使从公交车站的长椅被"送到"完全不同的地方，当她发现这里是自己熟悉的仓库之时，便即刻明了刚才的异状是切嗣的令咒动用了强权，同时也知道发生了一件严重的事情让他不得不立刻派遣从灵前往守护据点。从突破空间到踏上仓库地面的几微秒之间，Saber已经从伪装的西服打扮转变为一身白银铠甲。

她一眼就知道发生了什么事情，根本连问都不用问。

仓库的铁门被人用蛮力打破，应该躺在魔法阵里的爱莉斯菲尔也不见人影。只有舞弥鲜血淋漓的身躯像是被遗弃般倒在地上。

"舞弥！"

Saber跑到舞弥身边，一看到她的伤势便愁眉深锁。这次的伤势之深根本不是之前艾因兹柏恩森林所受的伤害所能相比的，如果不尽快施救她一定会丧命。

或许是感觉到从灵光明的灵气就在身边，舞弥微微睁开眼睛。

"Saber……？"

"舞弥，振作起来！我马上为你治疗，没事的——"

但是舞弥拒绝了Saber的救援，推开她伸出的手。

"快……去外面……追，Rider他……把夫人……"

"……！"

比起被令咒转移位置，舞弥这种反应更让Saber感到震惊。

舞弥当然明白自己的伤势有多严重，也知道自己正面临生死关头。但是就算明知已经命在旦夕，这名沉默的暗杀者助手还是不顾性命，催促Saber先去救援被掳走的爱莉斯菲尔。

"可是，这样的话——"

正当Saber要反驳的时候，她恍然大悟。

这个女人也是一名骑士。虽然她的尊严与Saber不同，但是她这种为了职责不惜牺牲性命的勇气正与Saber所熟悉的骑士道相符。

一定要守护藏身于这座仓库里的贵人——久宇舞弥已经对切嗣，同时也对爱莉斯菲尔本人立下誓言了。为了将无法达成的约定托付给 Saber，她才这样燃烧自己的生命。

"……我、不要紧……切嗣……马上……所以……快……"

Saber 咬紧牙根，闭起眼睛。

单从常理判断的话，Saber 现在担心舞弥而耗费的一分一秒都会直接危害到爱莉斯菲尔的安全。

之后赶过来的切嗣还有希望可以救舞弥一命。如果 Saber 现在不立刻追过去的话，爱莉斯菲尔的命运就毫无保障。只要一看仓库遭受袭击后的痕迹，就可以清楚知道这是从灵下的手。只有同为从灵的 Saber 才能追击。

"舞弥，请你一定要撑到切嗣过来。爱莉斯菲尔就交给我。"

舞弥点点头，放心地闭上眼睛。

Saber 以新的誓言继承舞弥的约定，心中已经没有任何迷惘。

她宛如一阵疾风般冲出仓库，一蹬跃上屋顶，在暮霭沉沉的天边寻找敌人的身影。

既然令咒的强权让她在一瞬间就移动过来，袭击者应该差不多也是在同时间离去的。对方还没走远，就算已经在气息感应范围之外，用目视应该也还看得到。

Saber 站在屋瓦上，以从灵的超级视力环顾四周。她连找都不用找，一眼就发现到敌人的身形。

距离约五百米以上——那雄伟的身躯耸立在好像是商店街区域的住宅大楼屋顶上。魁梧的体格、如烈火般的卷发与赭红色的斗篷。那个人的的确确就是 Saber 几次在战场上打过照面的征服土伊斯坎达尔。

"竟然——真的是 Rider！？"

虽然 Saber 刚才已经听过舞弥的目击证词，但是她依然深感怀疑。

Saber 实在难以置信，那个以大胆豪迈为优点的征服王竟然会用这种不光明的手段。但是她清楚地看到远方那名巨汉粗壮的手臂中抱着沉睡的爱莉斯菲尔。虽然不知道他如何查到 Saber 等人的新藏身处所，不过刚才袭击这里让舞弥受伤的人肯定就是 Rider 没错。

Rider 大胆暴露出自己的行踪，好像是在引诱 Saber 追击似的。当 Saber 一看到他，他就立即翻身消失在建筑物的另一头。

"呜……"

Saber 弯下腰便要急起直追。但是她想到对方不是别人而是骑兵英灵，不禁咋舌。

直接在街道上飞跃疾奔追赶固然简单，但条件是要 Rider 和 Saber 一样都是步行。如果 Rider 中途乘坐"神威的车轮"逃逸的话，就算 Saber 脚力再快也赶不上。

可是 Saber 也具备骑乘技能。如果要追踪在天上飞的宝具，查出目的地的话，她需要的不是短时间的爆发性速度，而是更快于步行的长距离巡航机动力。

如果是之前只有梅赛德斯奔驰的时候，Saber 可能还会悲观地认为无计可施……但是好巧不巧地，昨天舞弥已经准备好新的"坐骑"，为她送过来了。

Saber 唯独感谢切嗣这种洞察先机的细心，一翻身将妨碍骑乘的魔力铠甲解除，飞身坐上停放在废屋庭院中的"那样东西"。

−36：48：13

卫宫切嗣对死神的气息非常敏感。

这或许是因为他已经看过无数的人死亡。就算眼睛看不见、耳朵听不到，但是如果身边有什么事物正在等待生命自肉体消逝的那一瞬间，他还是多多少少察觉得到。

特别是当切嗣感觉到那些家伙庆祝胜利"喜悦"之时，就决定了他又要看着某人的生命终止，无力回天。

所以当切嗣呆站在静谧的仓库之前，他的内心某处早已经明白了。

自己又将要在这里送某人离去。

切嗣把冲锋枪擎在腰际，放轻脚步走进铁门已经被打破的仓库。仓库里没有杀气或是其他危险的气息，空气中弥漫着一股浓厚的血腥味，已经完全感觉不到战斗过后的余热。

一道小小的黑影蜷曲在地上一动也不动，呼吸气若游丝，体温也渐渐流失。切嗣看到这一切，心中没有一点起伏。

他早就知道总有一天一定会看到这副景象。

切嗣本来就只救到了少女的生命而已，她的心在遇到切嗣的时候就已经死了。少女虽然在凝固汽油弹与硝烟的洗礼中活了下来，但这样的幸运反倒让她觉得迷惘。

对于再度以一个"人"的身分过活这件事，她感觉不到有任何价值与喜悦。

所以这名眼神失去生气的少女告诉切嗣——被捡到的生命就交给捡到的人吧。这就是他们十一年前的邂逅。

切嗣也接受了她。

切嗣几乎能够确信这名少女过不了多久就会死，他过去已经亲手葬送了生育之亲与养育之亲，如果让少女留在像自己这种人的身边，总有一天她也会被推上黄泉路。

可是道具当然不嫌多。就算未来要舍弃她一个人，如果能够因此救到两个或是更多人的话，这反而是切嗣想要的结果……切嗣给了少女姓名与国籍，还将自身的技艺与知识传授给她。这就是久宇舞弥，一个未来早已注定之人的开始。

所以现在他当然不会感到失落与悲伤——这样才符合常理，才是理所当然的结论。

可是为什么他的膝盖在发颤？为什么喉咙会哽住无法呼吸？

一抱起她，舞弥便微微张开眼睛。她无神的双眼在空中游移，然后认出了切嗣。

"……"

切嗣不晓得该对舞弥说什么，困惑地咬着嘴唇。

感谢或是慰劳的话语都只是没有意义的修饰罢了。如果现在这时候要找出什么有意义的话语——就只有告诉她"你会死在这里"的结论而已。

已经再也不需要为了任务、使命或是其他事情烦心了。

如果切嗣长久以来真的只是把她当成"道具"看待的话，应该能够开口这么告诉她才对。

"……"

但是干枯的喉咙什么声音都发不出来，只有嘴唇仿佛失控似的不停抽搐。

舞弥仰望着切嗣这样的表情，微微摇头。

"不可以，你怎么能哭呢……"

"……"

在舞弥说出来之前，切嗣一直没发觉眼角溢出的泪水。

"把你的眼泪……留给……夫人……现在不……可以哭……因为你……太软弱……现在还……不可以……崩溃……"

"我——"

事到如今，切嗣才深深感到自己犯下了某种致命的错误。

为什么过去他会一直任性地以为久宇舞弥的生命就和卫宫切嗣一样，只要能够有好的结果，就算当成道具用完就扔也无所谓呢。

如果舞弥是一个此时能够对这样残酷的自己说出这样一番话的女性……

或许她应该有更不一样的人生、更不一样的结局不是吗？

"今天早上，你终于……恢复为以往的……切嗣了……不可以……为了这种事动摇……"

"——！"

她说的没错。之前卫宫切嗣曾经同样在这个地方抱着另一名女性，确认过自己是如何地异于常人。

他确信只有那种异常才能颠覆世道。

确信自己将会达成正常人绝对无法成就的奇迹。

他已经这么告诫过自己，在那之后只过了不到半天的时间。

"你放心吧，舞弥。"

切嗣注视着舞弥逐渐黯淡的双眸，以低沉压抑的声音向她说道："接下来就交给 Saber 吧。舞弥，你的任务……已经结束了。"

切嗣向舞弥保证，就算丧失她，名为卫宫切嗣的装置还是可以毫无障碍地继续运转。

所以可以不用勉强自己继续呼吸了。

不用再强忍痛苦，不用再维持思考，可以放下一切离开了。

切嗣冷彻地说道。舞弥只稍微点了一下头。

"舞弥……"

不管他想要改口或是否认，或者还有些话没来得及说出口，一切都已经迟了。在切嗣臂弯中只剩下一具彻底冰冷的亡骸而已。

Rider 的逃逸路线显然是往新都的方向。

Saber 好几次发现 Rider 在高处腾跃移动，看到他在住家大楼与广告塔上出现又消失的背影。不晓得是不是因为小看了 Saber 追踪的移动力，他完全没有想要藏身躲避起来。

如果真是这样的话，那他可就大大失算了。

双轮的猛兽发出狂野的怒号，回应斗志高昂的 Saber 手中急催的油门。Ｖ型四汽缸 1400CC 引擎所爆出的惊人音量就像是凶狠狂暴的大型肉食动物，一头钢铁雄狮低沉威猛的咆哮，震撼宁静的黑夜。

为了让 Saber 的骑乘技能发挥最大效果，切嗣所准备的机动工具不是四轮，而是双轮。因为他认为汽车的安全带把驾驶者绑在座位上，只能"操纵"而已。但是驾驶者与机车车身合为一体以控制重心，暴露在外界气流中的"驾驭"才能真正将从灵强化的骑乘技能发挥到极致。

既然是要让从灵这种超常之人运用，在性能上当然不用理会人类操纵者的体能极限。切嗣大胆地采用原本只会被讥笑为毫无实用性，仅限于纸上谈兵的车体结构。

基本车体是现今号称最强怪兽重机雅马哈VMAX，将原本可以催出一百四十匹马力的1200CC引擎增加排气量，再加上进气系统与双涡轮增压器，驱动系统也随之一起全面强化。最终改头换面，成为马力超越二百五十匹以上的异形怪兽，而这头怪物现在成为了Saber驾驭的白银坐骑。

既然无视极限，施加了如此异常的改装工程，在双轮车的构造上这辆车当然已经无法正常行驶。因为扭力太大，轮胎无法紧抓住地面，只能不停打滑。一扭把手，前轮马上就会翘起，把驾驶者甩下车。

现在Saber之所以可以驾驭这匹在物理性上根本无法操控的怪马在路上飞驰，完全是由她最仰赖的战斗技能——魔力释出。从她背后迸射出的魔力奔流硬是将她身躯下的狂暴车体压在路面上，让它所有的马力全部都用在依照龙头所指的方向加速。

这种粗鲁的方法已经不算是运用技巧操纵，几乎等于用蛮力制服一头猛兽。再加上Saber身材娇小，对她来说想要驾驭一辆总重量超过三百公斤的超重型机车，就连驾驶姿势都相当不容易。她整个人几乎趴伏在假油箱盖所覆盖的引擎上，一边握着把手，一边以全身承受大排气量的激震。这副模样简直就像是一个拼命紧紧抓在野兽背上的小孩子一样。

但是Saber一点都不以这点考验为苦。钢铁巨兽愈是狂猛，她体内的激昂感甚至愈是强烈。

这种驾驶梅赛德斯时根本比不上的奔驰快感。没错，这正如同乘坐在马背上的感觉。

虽然驾着现代科学结晶的怪兽重机，此时 Saber 的心境却回到了怀念的战场上——重拾高举着长枪冲入敌阵的骑士之魂。

"这种性能说不定可以——"

她与前方 Rider 的距离愈来愈远。这是在建筑物之间纵跃与只能沿着道路行走所造成的差距。

不需要焦急。在瞬间加速度与极速方面，从灵的敏捷性确实还更凌驾于这辆 VMAX，只要燃料不耗尽，钢铁机械就能一直维持这种速度。在长时间追击战中，这一点就显得格外重要。

对在地面上疾驰的追击者来说，深山町错综复杂的道路是很大的限制。而且这辆 VMAX 为了追求极限加速度彻底改造过，行驶特性就和直线加速赛的赛车一样，几乎没有回转性。但是在从灵的巧技之下，就连"速度过快无法转弯"的常理都失去了意义。

Saber 已经完全掌握机体的特性。每当接近弯道的时候她不但不减速，反而猛催油门，把多余的扭力灌注在后轮上。趁着急剧加速超越车体重量，让前轮浮起的时候，她就在这一瞬间放出魔力，用力倾斜车体，用近乎于扳倒的方式扭转爆炸性的直线冲刺，改变车体方向。

Rider 或许是因为进入了新都，Saber 已经看不到他的人影。但是她不慌不忙，搜索着前方的天空。

Rider 应该已经明白 Saber 绝对不可能放弃追击。现在他正抱着爱莉斯菲尔移动，不能化为灵体隐藏身形。在他逃进新都的时候，只能选择直接躲藏起来躲避 Saber 的追踪，要不然就是乘坐"神威的车轮"一口气拉开距离。按照 Rider 的脾气，Saber

认为他会选择后者，那么就算找不到人也不用着急，释放出那么庞大魔力的飞行宝具绝对逃不出 Saber 的法眼。

"问题是从地面上追踪的劣势——"

一旦"神威的车轮"出现，接下来 Saber 就可以从飞行方向判断目的地，预测出降落地点然后行动。这已经不是比拼驾驶技术，而是考验她身为猎人的追踪能力了。

在路上的每个人都一脸愕然地看着 VMAX 狂奔，以难以置信的速度与动作在前方车辆之间穿梭超车。Saber 不理会众人讶异的目光，把注意力集中在寻找天上的敌人。她只凭空气的流动就能察觉挡在前方的阻碍，就算闭着眼睛驾驶也不用担心会撞车。

"——找到了！"

Saber 如猛禽视力般敏锐的灵感应力终于察觉到在天空飞行的魔力波动。对方并没有散出雷光，速度也比以前稍慢，可能是不想被人群发现吧，但是那种感觉的确就是 Rider 的宝具。

在西方。看来他们似乎打算穿越新都，逃向冬木市郊外。

Saber 认为这反而是意想不到的好运。这样的话自己也可以利用宽广的国道，充分发挥车体的加速能力。

Saber 一口气横越大桥，直接冲上六车道的大路。她更加大胆地催开油门，让 VMAX 加快速度。

在车手毫不客气的驱使之下，转速表终于突破六千转——就在同时，引擎声发生意外的变化。

原本像是狂涛般的重低声响突然拉高到刺耳的高音域，变得更加凶暴、更加野蛮，撕裂夜空响遍天际。与先前迥异的猛烈加速度让车体与 Saber 化为一个子弹，周围的夜景如同流星般向背后飞驰而去。

这正是钢铁猛兽体内隐藏的真正魔性苏醒的时刻。引擎工程学最精髓的疯狂设计——V式推进系统……当车体达到高转速的时候，让四汽缸构造的引擎模拟双汽缸运作，一口气增加进气量达到极限加速，这就是VMAX独有的特殊构造。这种设计本来不可能与双涡轮搭配在一起，已经完全超出摩托车的范畴。

虽然Saber暴露在如同水压般的空气阻力之下，使劲保住车体姿势，但她还是忍不住露出冷笑。

机械的基本原则就是"人类使用的道具"，这辆车明显已经超越这个领域，简直就像是科学智慧所产下的变异畸胎。对于它的孤独与悲伤，Saber不仅觉得同情，更是感到心有戚戚焉。

只有从灵这种非人的异魔才能完全展现它的真正价值。这家伙一定是为了今晚在Saber的操纵之下飞驰于大地才诞生在这世上的。

"——好吧。我就驾驶你直到燃烧殆尽！"

Saber在狂风中低声说道，更加解放油门。车速表的指针早已超过时速三百公里，还在继续向禁忌的领域逐渐推进。

就算在高空也能看见地面上异常的车头灯光。

"Rider你看，那个……是不是在追着我们跑？"

最先发现的韦伯手指着驾驶台下方。Rider听到召主的指点，向下一张，有些讶异地扬起眉毛。

"喔？朕还以为是谁，原来是Saber。这下可省了找人的工夫……不过小子，摩托车这种交通工具的速度有那么快吗？"

"摩托车？你说那是摩托车？"

以韦伯的视力只能看到一个光点。那个光点的速度怎么想都不是韦伯常识中所了解的机车速度。

"不，这太夸张了……可是我记得剑士属性好像也会展现出某种程度的骑乘技能。这样一想的话，似乎又有可能……"

"喔？哪个不选，竟然以'骑兵'身分向朕挑战吗？"

Rider似乎大感痛快，发出狂野的低笑声。

"哼哼，这可有趣了。既然那家伙自己主动跑出来，那就不用到那座诡异森林的城堡去……朕也该拿出相对应的本事才行。"

Rider说道，操使手中神牛的缰绳，一口气降低战车的高度。

"要，要下去吗！？"

"朕改变主意了，就和那小妮子用'车轮'来决一胜负。这条路又宽又长，还要一段距离才会穿过前方的森林。哼哼，真是再合适不过的战场啦！"

正当韦伯想要开口抗议为什么平白放弃天上的地利优势配合敌人的时候，他想起前天见识到"应许胜利之剑"的威力。考虑到Saber的宝具特性，拉开距离反而危险。敌人宝具的威力不利于近身战，以近身法对战的确才是比较稳健的做法。

"好，就这么做。但是你一定要谨慎小心！"

"哈哈哈！你这小子也慢慢体会斗争的滋味了吗。别担心！在这天底下，没有任何事物能阻挡朕的奔驰！"

幸好下方的国道上没有一般车辆。就算蜿蜒的柏油山路即将成为异形战场，应该也不用担心会伤及无辜。

"神威的车轮"终于降落在逐渐逼近的Saber前方两百多米处，傲然踢蹬着地面，准备迎接挑战者的追击。

−36：45：26

在远方的大楼上，有三只眼睛正看着 Rider 的飞行宝具出现在新都上空，以及发现 Rider 行踪而改变方向的 Saber。

一人的双眼露出满意的神色，还有一人的独眼则满是疲惫耗弱。另外一个人——那双因为疯狂而混浊的炽烈双眼让人很难判断那究竟算不算是人类的眼神。

"没想到真正的 Rider 竟然会出现……这样正好。间桐雁夜，你在战场上总是受到幸运之神的眷顾呢。"

言峰绮礼轻拍站在身边的雁夜背膀，以嘲讽的语气赞美道。雁夜还没残废的右眼露出狐疑之色，回瞪了绮礼一眼。

"神父……真的有必要为了这种小伎俩耗费两道令咒吗？"

雁夜不满地低头看着已经失去两道令咒的右手。绮礼则是对他露出微笑。

"不用担心，雁夜。只要有我的协助，你可以尽量消耗令咒，不用客气——来，把手伸出来。"

绮礼执起雁夜青筋突出的干瘪手臂，一边低声唱诵圣言，一边用手指轻抚令咒的残痕。只是这样简单的动作就让已经用掉的令咒再度显现光泽，恢复为原本的三道令咒。

"你真的——"

"我已经说过了，雁夜。我继承了监督者的职责，有权力可以任意分配教会保管的令咒。"

"……"

雁夜不了解对方真正的意图，细细打量他之后，叹了口气，向自己的从灵瞥了一眼。

随侍在他身后的高大身影赫然就是骑兵从灵征服王伊斯坎达尔。深红色的斗篷与赤色卷发，还有顶天立地的高壮体魄——所有的一切都与刚才和 Saber 一同朝冬木市郊飞驰而去的战车御者一模一样。唯一的不同之处就是那双燃烧着炽烈怨恨之意的邪恶双眸……这一点的的确确就是疯狂从灵特有的象征。

爱莉斯菲尔纤细的身躯被他粗壮的手臂抱着，现在仍然昏睡不醒。站在这里的"Rider"才是把"圣杯守护者"从久宇舞弥守护的仓库绑架出来，引诱 Saber 追到新都的罪魁祸首。

"……可以恢复了，Berserker。"

雁夜一点头，征服王的巨大身躯就像是燃烧起来一般，崩解为黝黑的云霞，恢复成原本邪气森森的铠甲模样。形成 Rider 外貌的黑暗灵气就这么缠在四肢上，掩盖住黑色铠甲的细部构造。

看着 Berserker 恢复原本的模样，绮礼再次惊叹道：

"竟然有变身能力……这种宝具给狂战士属性使用实在太可惜了。"

"这名英灵本来就有一些假扮成其他人，立下武功的传说故事。因为疯狂化的关系，现在已经退化成普通的'伪装'能力了。"

Berserker 全身缠绕的黑雾本来不只有隐藏容貌或能力的效果，还具备任意变化成其他人欺敌的宝具能力。这项能力在他成为 Berserker，理性被剥夺之后无法使用。但是雁夜利用令咒强制重现这项能力，让 Berserker 仅限一次可以伪装成假的 Rider。

"ar……ur……"

疯狂的黑骑士这时候还恨恨地目送着 Saber 乘坐的车头灯光朝西方逐渐远去。强烈的恨意让他的双肩抖动，铠甲摩擦得叽叽作响，却无法做出更多的举动。这是因为雁夜行使的第二道令咒——"抓住爱莉斯菲尔，逃离 Saber"的绝对命令权所造成的束缚效果。Berserker 对 Saber 有着异样的执着心，想要让他乖乖听话行动只能像这样下令用强权管束他。这项命令对于 Berserker 似乎是相当难以承受的枷锁，虽然已经依照指令执行，但是黑铠骑士还是像一具故障的机械装置一样四肢抽搐，继续顽强抵抗。

这种强烈的执着让雁夜的背脊发冷，在 Berserker 再度不听命令失控之前，他先半强制地切断对 Berserker 的魔力供给，没有足够魔力维持现界的从灵立刻恢复为灵体。爱莉斯菲尔的身体失去支撑，就这样跌在地上。落地的冲击让沉睡的人造生命体发出微弱的痛苦呻吟，但她还是没有醒过来。爱莉斯菲尔从原本休养的魔法阵中被硬拖出来，使得她的意识更加稀薄了。

"这个女人真的就是'圣杯容器'吗？"

"正确来说应该是在这个人偶的'体内'。只要再有一两个从灵消灭就会现出原形吧……让圣杯降临的仪式由我来进行。这段期间这女人就交给我保管。"

僧袍男子扛起爱莉斯菲尔无力的身躯。雁夜仍然对他投以无言的质疑眼神，绮礼注意到雁夜的目光，仍然只是报以从容的微笑。

"不用担心。我会依照约定把圣杯让给你，因为我没有追求许愿机的理由啊。"

"在那之前，你应该还答应了我另外一件事，神父。"

"啊——那件事吗——当然没问题。今天晚上十二点你就来教会一趟吧，我已经安排妥当，可以让你在那里和远坂时臣见面。"

"……"

这个神父心里究竟在打什么主意？难以揣测的绮礼的心思让间桐雁夜的内心惶惶不安。

这个人城府极深，曾经一度拜在远坂时臣门下，但是为了参加圣杯战争又与时臣分道扬镳成为召主。对于上次也有参加圣杯战争的间桐家来说，他们早已料到远坂家会与圣堂教会勾结。这位代行者，同时也是监督者之子的人会召唤 Assassin，成为时臣的走狗也不算是什么秘密了。

而他今天上午突然来敲间桐家的大门，主动提出要与间桐家合作。根据他的说法，前任监督者言峰璃正之所以会死，责任在于远坂家。身为人子，他想要借助间桐家的力量制裁时臣以报父仇。

虽然明知疑点重重，但是言峰绮礼提出的条件对雁夜来说实在太有利了。

这个男人不仅提出算计时臣的计划、查出保管"圣杯容器"的艾因兹柏恩家藏身在哪里，甚至还秘密继承了所有监督者管理的保存令咒。他手中几乎掌握所有圣杯战争后期的有利王牌。

孤立无援的雁夜抱着 Berserker 这个定时炸弹，连自家人都无法信任。对他来说，绮礼的帮助有如万军之助，相当值得依靠。但是前提是言峰绮礼提出的口头约定能够全盘相信才行。

此时雁夜虽然已经抓到艾因兹柏恩的人造生命体，绮礼还慷慨地保证提供补充消耗掉的令咒……但他还是无法完全相信面前这名神父悠然的微笑。

这个男人的态度看起来显然游刃有余。说不定他心中盘算着决定性的诡计，所以才会表现出这番自信满满的模样。但是雁夜实在无法确定……可能是因为在他身上完全看不到面对战斗时应有的危机意识以及筹谋划略的紧张感。

真要形容的话，那张笑脸比较接近孩童玩游戏时候的表情。这个神父该不会正在"享受"背叛恩师，以讨伐杀父仇人的名义与间桐家合作的这个状况吧……

"我们两个人在一起被人看到就不好了。雁夜，你先回去吧。"

"……那你呢？"

"我在这里还有一些工作要完成，只是一些小事——雁夜，千万别忘记今天晚上十二点，到那时候你的宿愿就会实现。"

神父再提醒一次，他的口气仿佛比雁夜还要更期待今晚的事情。雁夜再度以不信任的眼神注视那副微笑的表情，然后慢慢转过身往屋顶的楼梯口走去。

言峰绮礼的眼神丝毫不敢大意，侧耳倾听盟友离去的脚步声。在确定脚步声完全消失的同时——他的眼神重新投向屋顶上一隅，弃置着一批被雨淋湿的废物料的角落。

"我已经把人支开了。虽然不知道你是谁，差不多该现身一见了吧。"

绮礼的呼唤声中隐含着不容抗拒的威严。一阵不自然的沉默之后，刺耳的低笑声随即冷冷地从夜色中窜出来。

"呵呵，原来你已经发觉了。不愧是身经百战的代行者，敏锐的感觉与雁夜那小子完全不同哪。"

没有固体的黑影从暗处隆起。不知为何，绮礼第一眼把那道黑影错认为是一群多到吓人的密集虫群——但是月光马上抹去这种错觉，照亮一名静静走出来的枯瘦矮小老人。

"别紧张，代行者。我不是敌人，而是现在与你合作的那个小鬼头的亲人。"

对方既然这么自称，绮礼心中只有一名人选。

"你是……间桐脏砚吗？"

"没错，你竟然知道我的名字。原来如此，看来远坂家的小子教出了一名好徒弟。"

老魔术师歪斜着满是皱纹的嘴唇，泛出非人的邪笑。

×　　　　×

笼罩着山路的浓密黑暗已经不是黄昏，而是黑夜时分了。

Saber 一面驾驶着钢铁猛兽疾驰，一面用车头灯划开前方如同墨汁般深沉的黑暗。

这条路在之前往来艾因兹柏恩城的时候就已经走过了。去的时候是爱莉斯菲尔开车，回程则是 Saber 自己握着梅赛德斯的方向盘确认路程状况。虽然只有来往一次，但是对 Saber 来说已经足够了。借由从灵卓越的记忆力，路宽、坡度缓急以至于转弯的时机她都能全部回想起来。

Saber 刚才已经看见"神威的车轮"降低高度，在前方远处路上落地了。征服王不晓得在打什么主意，到此似乎不想再继续逃逸，打算要用在地面上的骑乘竞赛回应 Saber 的挑战。

虽然 Saber 觉得这种武人风范与绑架爱莉斯菲尔的策略手段大相径庭，但这或许是因为 Rider 与他的召主在想法上有出入。从灵受到契约的束缚，在行动上常常造成自相矛盾一点都不奇怪。Saber 因为自己与切嗣之间的不和而深有体会。

只要事关决斗场面，Rider 都有他自己一套坚持，这对 Saber 来说是一件值得高兴的事。两人两骑之间展开如此高速的追击战，就算切嗣再厉害也无法插手吧。这正是 Saber 求之不得的。

　　问题是——手中紧握的把手震动清楚传来不规则的晃动感觉。

　　作为一台人工制作的机械装置，VMAX 已经表现地非常好了。但是悲哀的是在前方行进的是超凡的飞驰宝具。虽然 Saber 这名驾驶者引出了 VMAX 的魔性，但是材质与强度还是有其极限。

　　从市内一路跑到这里，持续发挥极限性能的引擎以及驱动系统终于开始显露出崩坏的前兆。Saber 的骑乘技能可以将座机当作自己肉体的延伸，掌握其状况。她已经清楚听到机械达到极限的痛苦呻吟声。

　　"再这样下去就糟了……"

　　她当然不能因为顾虑车体负担而减速，但是如果继续硬是这样骑下去的话，这辆车过不了几分钟就会解体。如果不能想个办法补强车体的话……

　　Saber 突然想到一个方法，就连她自己都无法判断这个法子是否可行，但是现在已经没有时间犹豫了。Saber 打定主意，将一切寄托在自己身为从灵所得到的可能性之上。

　　战斗时包覆她全身的白银铠甲——Saber 不是把铠甲套用在自己身上，而是强烈地想着车体结构，让铠甲与车体结构结合，概念类似战场上保护爱马的护马铠。以骑乘技能带来的人车一体感为辅，真正将这头沉默的钢铁猛兽当作自己的手脚看待……

　　她的魔力迅速聚集现出实体，将 VMAX 各个因为超过极限狂奔造成应力比较集中的部位包裹起来，强化得既坚固又柔韧。

　　"很好！"

虽然这种应用方式是 Saber 临时想到的，不过她的骑乘技能却成功地完成这件难事。VMAX 穿上崭新的闪耀钢铁外装，看起来既异样又壮丽。机械雄狮获得这架不逊于异常马力的坚固车体，此时化为名副其实的魔兽，发出震耳欲聋的排气音。

Saber 还将"风王结界"伸出前方，以箭头状展开，覆盖车体的正面。VMAX 在压缩气压的伞盖之下终于摆脱了空气的阻力。

计速器的指针早就已经转到尽头，没有用处了。因为 Saber 发动魔力，使得这辆车的奔驰超越了物理法则，速度已经冲破时速四百公里。再者因为魔力释出的压力，让后轮紧贴在柏油路面上。Saber 就算转弯也完全不用放松油门，利用像是放倒车体似的斜挂方式一一转过弯路。

这样一定可以——终于掌握胜利的第一步，Saber 打起十二万分精神。

她与前方"神威的车轮"之间的距离正在慢慢缩短。原本只能看见光点，现在已经可以清楚看到战车车轮急转，释放出阵阵雷气。

另一方面，韦伯自从着地之后就一直从驾驶台看着后方，看到车头灯急速逼近，让他倒抽一口冷气，赶紧拉拉 Rider 的斗篷。

"Rider，再这样下去我们会被追上的！喂，你有没有看到后面啊，笨蛋？"

Rider 冷哼一声，没有理会语带焦急的韦伯。他是以骑兵之座现身于此世的英灵，就算不回头看也能清楚感觉到 Saber 的气魄直逼而来。

"Saber 那小子。只用机械装置竟然能跑得这么快，姑且称赞你两句吧。不过——"

Rider 大声说道，同时在嘴角边露出他特有的勇猛笑容。

"不巧的是朕这辆是战车，可不会乖乖只比速度。"

说完，Rider 让巨大的车身侧移，开始往路肩急速靠近。

"神威的车轮"在大小上还凌驾于大型卡车，两个车轮侧面装着向外凸出的特大号镰刀，画出让人胆颤心惊的弧线。现在 Rider 驰骋的国道左右两侧都是苍翠茂密的原生林，仿佛掩盖住整条道路。只要让车轮逼近柏油道路的边缘，镰刀的刀刃必定会伸入密集的群木当中。

"这就是朕的'忘尘莫及'啦，Saber！"

带电的车轮把路边护栏像是纸片一样碾碎，开始暴虐的伐木行动。

面对维持时速四百多公里速度疾行的厚刃大镰刀，大树的树干就算再粗也等同木屑一般。所有树木一瞬间就被砍下，弹开，全部被卷上半空中。这种景象就像是把线锯锯出满地木屑的模样变大数百倍呈现出来，宛如一场噩梦。

惊人的大破坏让 Saber 为之屏息。

"唔！"

飞上天际的树木群如豪雨般落下，掉落的位置当然就是后方的 Saber 头上。直接命中的话固然不用提，以现在行走的速度来看，就算只是擦到一下让龙头方向歪掉都绝对无幸。

减速——是不可能的。如果退缩的话绝对无法通过这场考验，唯一的活路就是突破。

Saber 下定决心，毅然决然冲进掉落下来的群木当中。

一大群掉落物砸在路面上弹跳翻滚。VMAX 划出如同长蛇般的轨迹，在瞬间的间隙中闪躲穿梭。Saber 认为不应该刹车，高高抬起因为加速而扬起的前轮，一边用后轮行驶，一边使用魔力释出接连控制车身，演出超越极限的驾驶技巧。看到如此华丽的双轮之舞，就连监视的韦伯都忘了畏惧，心神为之一夺。Rider也同样发出喜不自胜的轰笑声。

"哈哈哈哈哈哈哈！好啊！这才是尊荣高贵的骑士之王！你当真是战场上的一颗明星！"

Rider一边大笑，一边让战车轻巧地侧向滑行，靠近下一个采伐场。

"来呀，还没结束喔——树木之后接下来就是石块雨啦！"

大镰刀刃的下一个目标竟然是包覆着路边斜面的水泥块。强度与密度皆非树干可比的石壁被镰刀毫不容情地切凿开来，粉碎的石砾如同飞沫般散开，挡住Saber的行进。

岩石的洗礼比木头更加致命。但是Saber看着石雨飞来，仍然继续前行，在她的嘴角甚至流露出勇敢的笑容。

"可别太小看我了，征服王！"

石块雨只有在"打中的时候"危险性才会高于木头雨。反正本来都是要全部躲开的，管他天上降下的是火焰还是箭雨。Saber带着完全的信任，将胜算寄托于VMAX的驱动轮，用勇猛华丽的操纵技术在水泥块的缝隙之间闪身而过。

因为对路旁斜面动刀的关系，反而使得Rider战车的加速度变慢。水泥块的切削硬度远高于树木，就算是神牛的铁蹄也不能完全无视其阻力。

Saber的第六感预料到绝妙的胜利之机即将到来。她明白只要顺利接下之后几招，一定会有机会可以反客为主——

一块特别巨大的水泥块从斜面顶端附近滚落在VMAX前方，

形状扁平，长宽都在两米以上，就像是一扇巨石屏风。

　　Saber 沉稳的视线注视着阻挡在正前方的巨石，不闪不避地让 VMAX 直线向前冲，同时高举起"风王结界"。

　　"哈啊啊啊啊！"

　　气势万千的一声大喝。Saber 使出浑身力气横扫而出的气压与魔力释出的推力一同重重击打在水泥块上，看似有几吨重的巨岩像小石子般飞上天空。少女的纤纤细腕背叛了绝对的物理法则，正是身为从灵才能成就的超凡奇迹。

　　急速回旋的水泥块再度飞上天空，划出一道死亡抛物线，正好不偏不倚地朝向跑在前头的战车上方落下。Rider 听见韦伯发出哀凄的惨叫声，这次终于回头。他高举赛普路特之剑，环眼圆睁，瞪着头上的大石块。

　　"嘿啊啊啊啊！"

　　Rider 的铜剑威猛地一击砍在水泥块上，好像在宣示比力气的话他绝对不会落于人后。岩盘的轨道又被扭转，旋转速度更加迅速，以有如圆盘锯般的力道坠下，深深插进战车后方的路面。

　　Saber 眼见此景，天启如同电流般贯通她全身。

　　挖开柏油路面的水泥屏风——平坦的表面朝着正上方，插在地上的角度仅仅只有三十度左右。Saber 那如同预知未来般准确的战斗直觉在刚才感觉到的胜利关键就在眼前。

　　"就是现在——"

　　Saber 很早之前就注意到她握着把手的右手拇指下方有一个按钮。她依循着骑乘技能的引导驾驶 VMAX，虽然不知道这个按钮的"机能"，却知道这个按钮的"使命"是什么。她知道这就是这匹钢铁野马体内隐藏的秘中之秘，最后一张王牌。

Saber 毫不犹豫地把这个红色按钮一按到底——双轮的猛兽终于发出怒吼咆哮。

急速回转的引擎内部中，一氧化二氮气体被喷进充满汽化燃料的活塞当中，因为三百度的高温而膨胀，让引擎出力突破禁忌的领域。VMAX 的加速度增加五成，疾驰的速度已经可以用暴虐两个字来形容。Saber 勉强控制住获得极限加速度的车体，龙头所指的方向正是眼前的紧急斜坡。

前轮发出如同悲鸣似的冲击声响，登上水泥块。疯狂的后轮扭力甩脱重力的束缚，全力将向上弹起的车体高高推上半空中。

对 Rider 来说，这是完全出乎意料的奇袭。从前肆无忌惮在天上飞行的他现在竟然要仰望飞在头上的敌人。

趁着战车速度减缓的时候让 VMAX 的氧气增压器将速度提升至极限，还利用了偶然之下形成的跳台，Saber 终于让 Rider 进入长剑可及的范围之内，而且自己的位置还是在近身战中占有绝对优势的敌人正上方。这正是胜利女神应许给剑之英灵的必胜之机。

"Rider，你觉悟吧！"

Saber 带着乾坤一掷的气势挥下"风王结界"——但在此时，一点犹豫让她的动作缓了一缓。

接招的 Rider 挥起佩剑，双刃交锋。Saber 占有地利优势，这场斩击较量本来应该是她会胜过 Rider，结果却以五五波平手收场。"风王结界"无法突破 Rider 的防御，在最后关头被震开。

落下的 VMAX 与飞驰而过的"神威的车轮"之间并没有展开进一步的短兵相接。Saber 在瞬间以魔力释出降低落地速度，千钧一发之际维持住车体的平衡，勉强以后轮着地，让轮胎与悬吊装置吸收所有冲击力道。

虽然 Saber 错失了必胜良机，但是打乱她心绪的却是另一种焦躁。

"爱莉斯菲尔她——不在这里！？"

绝对没有看错。她让 VMAX 跳上空中，在最近距离看到 Rider 战车的驾驶座上只有驾驶者 Rider 本人以及他的召主而已。

那么从仓库被掳走的爱莉斯菲尔人在哪里？

Saber 猛力刹车，按住三百多公斤重的车体，让在路面上空转的狂猛双轮停下来。之前 Saber 一直全心全意追击 Rider，但是现在她的心中满是疑云。

说起来，Rider 原本究竟打算去哪里？

这条国道向西穿越市区……前方的尽头是艾因兹柏恩森林。Rider 之前应该曾经抱着酒桶走过这条路。难道他在抓走爱莉斯菲尔之后，还特意挑选通往敌人领地的道路当作逃逸路径吗？

冰冷的焦急让 Saber 咬紧牙关。

如果他不是在逃跑呢？

Rider 的召主是如何查到位在深山町的那间仓库？——没错，他根本不可能知道的。Rider 阵营不晓得艾因兹柏恩的人已经改变据点，他们可能到现在还以为 Saber 等人住在森林的城里，在夜空里驾着战车正老老实实地打算进攻城堡。

那么袭击仓库里的舞弥与爱莉斯菲尔，并且掳走人的又是谁？

虽然真相依然不明，但是遭到算计的预感已经变成确信，Saber 心中焦急不已。就在她急急追赶 Rider 的时候，真正下手绑人而且让征服王背了黑锅的祸首早已带着爱莉斯菲尔跑得不知去向了。

现在没时间在这里穷耗了，必须赶快回新都寻找爱莉斯菲尔才行。

虽然 Saber 很明白应该抽身而退，但是却无法动弹。她浑身笼罩在山雨欲来的气氛之中，全身紧绷，不允许任何多余的动作。现在她的眼中只有面前的威胁，全力备战。

相隔大约一百多米的距离之外，Rider 的战车也已经停下来，而且还调转了方向。在此之前 Rider 完全不回头看 Saber，把她抛在后头。此时他的眼神因为战争的喜悦而沸腾，一双眼睛与两头神牛都直直地盯着 Saber。

Rider 这个举动的意图非常清楚，根本不用多加揣测——他打算出手攻击。

Rider 本来就不理会是谁利用了他，把他卷进阴谋当中。既然受到攻击就要反击，他全心全意只想着这次要轮到征服王发威了。

再说如果 Rider 向西行的目的本来就是为了挑战 Saber 的话，那么他和遭受陷害的 Saber 不同，对现在这个状况不会有任何意见。

所以如果 Saber 现在打算抛下 Rider 回到冬木的话，就代表她毫无防备的背后将会受到 Rider 的攻击。

只好在这里一决胜负了——面对别无选择不得不接战的决斗时刻，Saber 紧握着剑柄的笼手发出紧绷的声响。

韦伯瑟缩在"神威的车轮"的驾驶座上，他感觉身旁 Rider 的斗气逐渐达到前所未有的最巅峰。

征服王双眼注视的目标大约在前方一百多米的地方。剑士从灵正跨坐在空转低鸣的大型重机上，带着严肃的表情回视我方。

Saber 从冬木新都就一直紧追着 Rider 等人跑，不晓得为什么现在却突然安静下来。但是 Rider 一见对手停止动作，并没有继续前进拉开距离，而是立即停下战车回头，让局面形成现在这种正面对峙的情势。也是当然，Rider 的目的打一开始就是找 Saber 决斗。对方既然不再追击，接下来当然就轮到我方攻击了。

但是——就算韦伯经验还不够老练，好歹他也是一名召主。一阵阵不安袭上心头，让他咬紧牙关。

这段距离、这个位置关系……显然非常不妙。

只要曾经看过 Saber 在未远川消灭 Caster 的宝具"应许胜利之剑"，就能清楚了解现在这个局面的态势。在笔直的道路上没有任何遮蔽物，不必担心波及周围，而且双方还动也不动地互相对峙——这种情况显然就是 Saber 宝具最好发挥的场合。

这点程度的事情，骁勇善战的 Rider 应该也明白才对，他在未远川也见识过 Saber 宝具的威力。虽然这名从灵常常干出一些让人怀疑他有没有智商的举动，不过在军略方面他是绝对不可能看走眼的。

如果是在奔驰当中的话，能够完全发挥"神威的车轮"的机动力，或许还有办法回避。可是 Rider 为什么白白舍弃机动力的优势，选择在这里与 Saber 对峙呢？

"喂，Rider……"

"嗯。你好歹算是朕的召主，这种情况下的确必须要先向你说一声才对。"

Rider 似乎已经看穿韦伯的疑问，脸上挂着勇敢的微笑。他的视线仍然向着 Saber，对身旁的少年说道："接下来朕要把赢得圣杯的必胜机会摆到一边去，稍微赌一把大的。如果想要用令咒阻止朕的话，就要趁现在喔。"

"……"

既然知道这名豪迈从灵的脾气，就会明白这段发言的分量有多么沉重。

就连 Rider 本人都明白自己正在打的主意非常危险。如果是有点脑袋的召主，就算诉诸令咒阻止他也是在所难免的。

"你……真的打算从这里进攻吗？从这段距离直线往前冲？"

"朕在河边看过那招光之剑。这场胜负比拼的就是看朕'神威的车轮'能不能在 Saber 摆出架势到出招之间的时间内冲过这段距离。"

韦伯的脸色苍白，重新计算敌我双方的距离。

勉勉强强。实在是勉勉强强。

在他记忆中 Saber 宝具发动之前的所需时间与 Rider 宝具的加速能力。不管从哪一个角度来看，都无法推断可或不可。现在双方之间就是这样微妙的距离。

"……你有胜算吗？Rider。"

"这个嘛，一半一半。"

对于运筹帷幄之人，这是最让人烦恼的数字。但是征服王依旧气派悠然，如此断言道。

如果有一半的几率可以获胜，那么剩下的另外一半就是落败了。这就像是用硬币的正反面预测生死一样，根本就不算是"战略"。真要说的话，这是一种"苦肉计"。只有在逼不得已别无选择的时候，才会想出这种不要命的做法。

"你为什么……要做这种胡闹的事？"

"因为朕喜欢胡闹嘛。"

从灵笑着开玩笑道。在他的眼中只看着"胜利"——看着那可能只有五成机会的虚幻未来。

"如果在这种条件对等的状况接受挑战的话，败者就会输得一败涂地，毫无借口，百分之百的'大败'。间隔这段距离，这个臭屁的小娘们一定也不认为自己最自豪的神剑会被踩断吧。如果她在这种情况之下输给本征服王的话，或许就会深刻反省自己的过错，改变心意加入朕的麾下。"

"……"

韦伯眉头深锁，只能长叹一声。

说来说去，结果还是这么一回事。对他们英灵来说，比起为了争夺圣杯而互斗，赌上彼此尊严的竞争才是最重要的。

"……我说，你就这么想要得到那个 Saber 吗？"

"嗯，朕很想得到她呢。"

Rider 毫不掩饰地点头答道。

"在战场上，她绝对是一颗明星。与其让她扯些什么理想之王云云的大道理，让她加入朕的军队才能绽放出真正的光彩。"

这名霸王过去就是用这种方式好几次击败王侯或是武将，无视于他们的权威与财富，收揽他们的"灵魂"。

正因为如此，他才是征服王。

不赶尽杀绝，也不欺凌贬抑，战胜所有阻挡在面前的敌人——这就是他所应得的胜利形态。

一个偶然之下单凭圣杯与他结缘的契约者，又怎么能对他说长道短呢？

"……上吧，Rider。就用你的方法赢得胜利吧。"

韦伯好像看开了似的叹了一口气，这么说道。

这么做不是自暴自弃。Rider 花了一整天补充魔力，对他来说现在这一刻是他迎接这场大战的最佳良机。谁都不能保证下一次对上 Saber 的时候，Rider 的状况是否还能维持的比现在更好。

既然如此，与其计较数字上的胜利几率，他把一切都赌在 Rider 的斗志上。

征服王一向用无理推翻常理，如果让他用自己的方式冲到最后的话——他那种超乎寻常的豪迈不羁才能掌握现在真正有价值的胜利之机。

韦伯绷着脸，这么告诉自己。Rider 露出粗犷豪迈的笑容对他说道：

"哼哼，小子，看来你终于也慢慢了解何谓'霸道'了。"

Rider 的自信不是虚张声势。虽然口中吹嘘着要大赌一把，但是他比任何人都相信自己一定会取胜。

"荣耀就在远方——就是现在！永恒征途无尽期（Via Expugnatio）！"

在终于解放的真名之下，神牛战车猛然迸射出电光雷气。强悍的嘶鸣声完全不是当初第一场战斗践踏 Berserker 之时所能比拟的。

"——狂风啊！"

Saber 见状，也从风压的护鞘中拔出自己的宝剑。

金黄色的光芒现世，荡开逆卷的旋风。闪耀光华聚集，为了展现骑士之王道而激荡出强大的魔力。

"啊——！"

伴随着征服王的咆哮声，铁蹄踢踏柏油路面，如同狂涛般奋然冲刺。就在前方尽头，最强攻城宝具即将释放出光华。韦伯虽然受到冲刺霸气的压迫，还是努力睁大眼睛不让自己失去意识，他一定要亲眼见证 Rider 的飞驰抢在光华迸射之前踢倒 Saber 的那一瞬间。

征服王从正面而来的冲刺让 Saber 的背脊为之战栗。神牛的疾奔在一瞬间就冲过一百米的距离。只不过一眨眼，"神威的车轮"壮阔的威容已经如同海啸般排山倒海而来，冲至眼前。

但只要 Saber 手中还握着这把尊贵神剑的剑柄，她就相信自己绝对不会输。对着高高扬起的金色光辉，她应唱出的那唯一的真名。

"应许——"

就在猛驰的雷神化身即将把它的铁蹄踩到 Saber 身上的那一刹那——

"——胜利之剑！"

金色闪光仿佛彗星般激射而出，将黑暗的天地照亮成一片雪白。

"——！"

眩目的闪光刺进韦伯的双眼，夺走他的视线，让他忍不住移开目光——在激烈的振动当中，冷静的思考让他领悟到了。

他亲眼看到 Saber 宝具的光芒……这就表示结果骑士王的一击抢在"神威的车轮"最后一步到达之前发动了。

但是他仍然清楚感受到粗壮手腕抱着自己肩膀的厚实感觉。让他顿悟失败的思考正意味着现在自己的意识还保持清醒。

韦伯战战兢兢地张开眼睛，目睹眼前凄惨的破坏痕迹。

"应许胜利之剑"的剑光一击瞬间烧毁路面铺设的柏油，范围所及之处直到远方森林的树木都被轰开，在道路以及路面的延长线上刮出一道笔直的伤痕。空气弥漫着柏油汽化的刺鼻臭味，韦伯则是四肢健全地浮在半空中……不对，他是挂在彪形大汉的肩膀上。把少年召主矮小身躯当作小包裹抱着的人是谁，当然不做他想。

"唉呀呀……失败啦。"

打从心底感到不甘的 Rider 低声说道。但是考虑到现在的状况，这句话实在太轻描淡写了。

Rider 看起来似乎也没有受伤。但是他驾驶的战车与手中缰绳操纵的两头神牛都不见踪影，完全消失。宝具"神威的车轮"正中"应许胜利之剑"的攻击，彻底灰飞烟灭，就像之前 Caster 的海魔一样。

Rider 在生死一瞬之间知道自己落败，抱着韦伯从驾驶台上跳下来，在最危急时刻逃出攻城宝具的射击轨道。虽然两人从鬼门关前走了一遭回来，但是代价很大。Rider 就此失去了至今一直当作主力兵器并极为仰赖的飞天战车。

战斗还没有结束——韦伯马上用强烈的战意重振几乎挫败的心志。就算"神威的车轮"被毁，征服王还有真正的王牌。

"Rider！使用'王之军势'——"

韦伯话语未毕，Rider 对他摇摇头。动作虽然微小，却十分坚定。此时此刻，征服王更不愿意改变他们休息时曾经讨论过的后半期战略。对付 Saber 只能用到战车，仅剩一次的亲卫队召唤还是要保留下来，用来对付 Archer。

就算 Rider 再强悍，在失去机动力的近身战中 Saber 显然大占上风。虽然双方的体格优劣根本无法相比，但是从灵的战斗却不受这种常理的限制。Saber 外表看起来娇弱，但是韦伯从之前的战斗中已经深刻了解她的战斗力是多么可怕。

Rider 当然也很清楚这一点，但是征服王还是不惧不退，握着赛普路特之剑毅然面对 Saber，一点都没有要打退堂鼓的意思。

首先打破双方一触即发的僵持局面的人是 Saber。

她再次将宝剑收进风中，放开油门。空转的后轮滑动让车体一口气翻过方向，背向 Rider。Saber 不给对方任何可乘之机，后轮恢复抓地力的同时立即猛然加速，朝冬木市扬尘而去，只留下狂暴的排气音。

虽然韦伯等人感到意外，但其实是因为 Saber 身怀要事，不能在此继续一决胜负。为了要查出是谁设下奸计，引导她和 Rider 交战，尽早从那人手中救回爱利斯菲尔，就算必须撇下与 Rider 之间的对决，她都尽速离开才行。

被撇下的韦伯一脸愕然，听着转眼不见的重机呼啸声逐渐远去。Rider 侧耳倾听那力道十足的排气音，颇有所感地点点头。

"摩托车啊……嗯，好东西。"

"我说你啊，这就是你打输战斗之后的第一句话吗？"

战斗后的紧张气息一瞬间放松，韦伯朝着 Rider 大骂。这时候他突然发觉事态严重，安静下来。

"喂，Rider……我们两个……要怎么回到街上？"

"这个嘛……只能走路啦。"

"……也对。"

韦伯远眺远方新都的灯火在黑暗中闪烁，叹了好长一口气。

−36∶38∶09

间桐脏砚——

面对眼前只知其名的间桐家幕后黑手，言峰绮礼的意识逐渐进入备战状态。

灯光把夜晚的城市照得有如不夜城一般，矮小的黑影却巧妙地置身于灯光照不到的死角。绮礼已经多次从时臣那儿听说此人外表虽然枯朽，真面目却是一个相当危险的人物。表面上对外宣称已经隐居，实际上多次利用魔导密术延长他异常的生命，延续好几代支配间桐家。在某种意义上，他比间桐家的召主雁夜还要更危险，必须多加注意。

"言峰绮礼。我听说你是璃正那个老顽固的儿子，是吗？"

"我确实是他的儿子。"

绮礼颔首回应嗓音嘶哑的问话。

"唔——真是叫人意外。有句话叫做青出于蓝更胜于蓝，没想到那个男人的血统竟然会生出这样一个不简单的人物。"

"有什么事吗？间桐脏砚。"

绮礼不理会脏砚的挑衅，对老魔术师问道。

"你应该是雁夜的同伙，为什么偷偷跑到这里窥探？"

"没什么。作为父亲担心前途一片黑暗的儿子乃是亲情至理，我也想亲眼看看雁夜那小子究竟得到什么样的助力啊。"

脏砚的笑容就像是一个和善的老人，配着那张如同骷髅般干瘪的面貌看起来十分怪异。在绮礼的眼里，那张脸根本无法露出那种笑容。

"你那些拿来哄骗雁夜的好听话我已经全都听在耳里了。你好像说打算杀掉远坂家的小子。"

"没错，那个男人把我父亲——"

"好了好了，这种谎言不需要再听第二遍。"

深陷在眼窝之中的目光炯炯有神，直射绮礼。

"你表现得太灵活了，言峰绮礼。瞒着远坂行动的话就不应该这么放肆。在你动念想要杀远坂的时候，就算没有雁夜帮手应该也已经达成目的了——我可没有痴长年岁，你可以骗到雁夜，却无法瞒过我的眼睛。"

"……"

绮礼表面装作若无其事，但是他内心已经重新修正对这名老魔术师的评价。

"你的目标不是远坂小子，而是雁夜本人。对不对？"

"……如果你对我疑心这么重，为什么不警告雁夜？"

一阵仿佛群虫叽叽鸣叫的诡异声音发出。过了一会儿，绮礼才知道那是这名老人的窃笑声。

"这个嘛，应该单纯只是因为好奇心吧。你究竟会用何种手法'毁掉'雁夜那小子，我也觉得很有兴趣。"

绮礼有些难以判断他此番戏言究竟是开玩笑还是真心话。

"……雁夜为了间桐家而战，难道你愿意白白毁掉他的胜利机会吗？脏砚。"

"雁夜的胜利机会？咔咔咔，打从一开始他就没有什么胜算可言。如果那种废物可以拿到圣杯，那么过去三场杀戮全都成为大笑话了。"

"我不明白。间桐不也是希望得到圣杯的三大家之一吗？"

听到绮礼的问题，脏砚冷哼一声。

"在我看来，远坂小子或是艾因兹柏恩那群人全都愚不可及。如果他们还记得上次那场大意外的话，就更应该注意这次的第四次战争可能会'发生异常'。我一开始就决定在这次战斗中作旁观者。看看Caster那副德性，圣杯的系统一定哪里开始不正常了，才会召来根本不是英灵之类的恶灵。最重要的应该是先查出哪里出了问题。"

"……"

在一次又一次上演的圣杯战争之中，这名超越人智的怪人想必都置身于中心吧。他手上掌握着某些就连前任监督者言峰璃正都不知道的事物。

"那么派出雁夜与Berserker的目的又是什么？如果你只打算袖手旁观的话，为什么给他从灵？"

"没有为什么。虽然很可疑，但这毕竟是六十年才有一次的祭典。只是远远看着一群小鬼胡闹也挺无趣，我也想有一点乐子嘛。"

脏砚以开玩笑的口吻说完之后，脸上露出更加扭曲的笑容。

"如果雁夜当真拿到那个不完美的圣杯，当然最好。不过我这把老骨头似乎没什么耐性，雁夜那个背叛者痛苦挣扎的模样——啊啊，教人怎么看都看不腻。虽然希望雁夜获胜，但是又难以抗拒想要亲眼看到雁夜凄惨下场的诱惑。真是难以抉择啊。"

绮礼觉得脏砚的怪笑声实在刺耳。如果两人是在战场上相见，双方不是以对话交谈而是以生死互搏的话该有多好。明知对方是一名危险的魔术师，他还是有这种想法。对绮礼来说，间桐脏砚就是这么一个让他难以忍受的人。

"你这人……看着亲人痛苦觉得这么愉快吗？"

绮礼压抑脸上的表情问道。脏砚则是狡黠地扬起眉毛。

"真是意外。我还以为你能了解我的这份喜悦呢。"

"——什么？"

"别看我年迈，鼻子可是很灵的。言峰绮礼，你身上有和我相同的气味。被雁夜这块美味腐肉吸引而爬过来的蛆虫气味。"

"……"

绮礼默然不语，从僧袍的衣摆中缓缓抽出黑键。

他已经直觉地明白自己与这位老魔术师只有你死我亡的结局。脏砚已经踩进这种"生死距离"了。这是赌上生命的绝对领域，一条必杀的界线，如果想要避开刺穿要害的一击，除了迎击之外别无他法。跨过这条界线的不是脏砚的脚步，而是他口中所说的话。

脏砚感受冷峻的杀意释放出来，但他仍然悠哉微笑，视若无睹。

"……哦？我似乎太高估你了，还以为得了一位知心同道呢。看来你好像还羞于承认自己的邪恶——咔咔，真是嫩啊。难道你把这当作自渎，暗自享受吗？"

刹那间，绮礼射出左右两柄黑键，刺穿老人的矮小身躯。没有示威也没有警告，就连预备动作也看不出来。

但是老魔师面对利剑而不为所动的从容态度也非虚张声势。就在要被两柄剑刃刺穿的瞬间，老魔术师的身形像是泥雕像般崩解，恢复成蛰伏在暗处的神秘黑影。

绮礼摆出警戒架式，听到愉快的低语声不知从何处送来嘲弄。

"哦哦，真是吓人哪。虽然还不成熟，但毕竟还是教会的鹰犬，捉弄你是要赌命的。"

绮礼手中拿着另一柄黑键，一边凝神注视在阴影中蠕动的物体。

刚才看似刺穿的脏砚肉体是幻术之类的东西吗？或者是间桐脏砚的身体原本就不存有形体？如果魔术师够老练的话，各种不合常理的事情都可能发生——为此感到惊讶的话可就当不了代行者了。

"呵呵，我们改日再会吧，年轻人。下次见面之前尽量培养自己的本性，至少要与我打个平分秋色啊。咔咔咔咔咔咔……"

发出刺耳的哄笑声之后，脏砚的气息融入黑暗消失了。现场只留下手中拿着利剑的绮礼，如同稻草人般动也不动。

"……"

绮礼焦躁愤怒至极，将失去目标的黑键往屋顶地上砸去。

刚才的老人简直就是难以言喻的怪物，断不可留他生路。

此时绮礼心中确定间桐脏砚绝对是他有一天必须亲手送上路的仇敌。

×　　　　×

间桐鹤野今天晚上仍然沉溺于酒精的麻醉中，尽量不去想到逐渐深邃的黑暗夜色。

现在一想，昨天那安静无事的夜晚多么让人厌恶。暴风雨之前的海面必定是宁静的，昨天晚上平静得让人不安，今天晚上一定会发生什么危险的祸事。

鹤野当然知道这几天连夜威胁冬木市的异像是什么。他是间桐家的长男，成为家主继承家族悠久的历史，同时也是过去为了追求圣杯而开启漫长探索之旅的伟大血脉后裔。原本参加这场凄惨战争的当事人应该是他才对。

鹤野对于背弃责任，自甘堕落于杯中物的自己一点都不感到羞耻。和弟弟雁夜比起来，他敢说这才是一个正常人应有的想法。

鹤野不明白被赶出家门之后长久以来一直渺无音讯的雁夜为什么现在还回到家乡，自愿参加圣杯战争，他根本也不想知道。不管是什么事情让弟弟改变心意，他感谢都来不及了。因为若非雁夜回来，现在折腾成那副德性被推上战场的人说不定就是鹤野自己。

他想起雁夜从召唤阵中呼叫出来并且缔结契约的黑色恐怖怨灵——唯有不断酗酒才能远离那时候的恐怖回忆。

如果知道像那样的东西还有六只，此时此刻还在互相斗争，啜饮彼此血肉的话，不疯掉才是不正常。现在的冬木是不折不扣的魔界，想要在这种地方保持精神平静，除了酒精之外还有什么可以依赖？

他已经以游学的名义将独生子慎二送到国外去。其实鹤野自己也很不愿意留在现在的冬木市，但是有一个原因让他不能离开这间宅邸。他必须在地下的虫仓里调教那个从远坂家接收过来的小女孩，让她成为足以担当间桐家次任家主的人才。这是脏砚交待给他的重责大任。

没错，身为当代间桐家主，鹤野非常尽心尽力。而且脏砚一开始的方针本来就是不插手这次的圣杯战争，袖手旁观。雁夜只是被那个老魔术师当成玩具罢了，现在遵循间桐家正道的人是鹤野。魔术回路的多寡根本不是问题，就算除了凌虐小孩之外一无是处，但是鹤野自己才是走在延续间桐家未来的正道上……

鹤野一边这么告诉自己，嘲笑愚笨的弟弟，一边又往胃袋里倒入一口酒精。

成为间桐家的魔术师同时也代表着沦为地下家主间桐脏砚的傀儡。雁夜明白这一点，还曾经一度成功逃离间桐家，却又自己跑回来成为刻印虫的苗圃，真是蠢到无以复加，完全不值得同情。鹤野本来就不对弟弟抱有手足之情。那个男人虽然比他这个兄长更有才能，却把间桐家历代被诅咒的命运全部推给他一个人离家出走，事到如今怎么可能会同情那家伙。

啊啊，为什么今晚睡魔迟迟不肯造访？他好想像平常一样赶紧堕入沉睡当中。酒喝得还不够多，醉得还不够厉害。真想快点忘掉屋外发生的事情，跳过黎明之前的时间——

睡眠并没有来访，取而代之浇在鹤野头上的是桌上冰酒壶里的冷水。

受寒的鹤野大惊，醉意完全被剥夺。之后一阵重击打在他的颧骨，让他滚落在地板的绒毯上。

鹤野陷入一片混乱，连惨叫声都哽在喉咙里叫不出来。他抬头一望，看到有一名诡异的男子如同幽灵般站在面前。

陈旧的外套又脏又皱，脸上满是没有修整的胡茬。光比较双方的打扮，那个男人还比穿着家居服的鹤野更像暗巷酒店里的醉汉，但是他的目光却推翻了一切。男人眼神的温度已经只是冷酷无情，而是充满冰冷狂野的杀意，像一头负伤的野兽一般。鹤野的眼睛一对上那人的目光，还没来得及理解对方的身分以及现在的状况，立刻便成为了绝望与颓丧的俘虏。

那个男人是谁，究竟如何突破屋外重重防护结界进到屋子里来，如今这些事情都不重要了。现在在鹤野眼前的，就是他这一个多礼拜借由酒精不断逃避的恐惧。

"……爱莉斯菲尔人在哪里？"

鹤野还没领会问题的内容，就已经先确信如果他无法回答的话必死无疑——然后他才发觉自己根本听不懂对方的问题，被推入无尽的绝望当中。

"我、我……我……"

男子冰点以下的眼神注视着舌头打结的鹤野，缓缓从怀中拔出凶器。他用冷硬的枪口将鹤野的手掌按在地板上，二话不说便扣下扳机。

伴随着一阵足以将听者理性完全剥夺的声响，鹤野的右手血肉横飞。

自己身体的一部分就这么毫无预警地消失，这种打击让鹤野愕然无语，随即痛得在地板上打滚，哀声惨叫。

"不不不不知道不知道不知道我什么都不知道！啊啊啊啊！我的手！啊啊啊啊！"

"……"

对切嗣来说，要求一个不合作的人提供情报的经验已经多到不能再多。这种长年以来培养出来的直觉冷冷地告诉他，已经不需要继续讯问或是调查这里了。

间桐鹤野的灵魂已经完全屈服了。虽然不知道原因为何，早在切嗣造访之前他就已经将自己逼近崩溃的边缘了吧。结果切嗣似乎成了压毁他的最后一根稻草。现在这个男人变成这副德性，为了逃避眼前的痛苦，他甚至会毫不犹豫地背叛脏砚。这样的人绝对不会说谎。鹤野对于这几个小时之内发生的事情恐怕真的是"一无所知"吧。

这也就是说——爱莉斯菲尔被绑之后并没有被带到间桐家来。

他在分秒必争的时候花了好几个小时突破防御结界，到头来却是白忙一场。就算是切嗣也忍不住悔恨地咬紧牙根。

依照消除法思考的话，带走爱莉斯菲尔的人除了间桐阵营之外别无他人。Rider之主应该没有这么强的谍报能力能够查出切嗣准备的秘密基地。至于远坂，他没有理由用这种方式推翻昨晚才刚建立的同盟关系。

除了现存的七组人马之外另外出现新敌方势力的可能性虽然极低，但不是完全不可能，只不过现在这个阶段去想这些也没用。现在这时候他只能从手中还保有从灵，为了最终决战可能需要捕捉爱莉斯菲尔的三名召主之中寻找这名看不见的敌人。

仓库遭受袭击之后已经过了四个多小时，一分一秒的流逝都让切嗣距离胜利愈来愈远。现在没有时间让他停下脚步思考。

切嗣不再理会因为剧痛与恐怖而啜泣的鹤野。他快步走出餐厅，离开间桐家。

接着为了突破远坂宅邸的魔术防御阵，又花了切嗣大约三个小时的时间。

三个小时就突破的利落手法几乎有如神技。远坂时臣所设的结界在对付魔术师的防御系统当中算是极为高段，如果用一般的方法正面突破的话，就算花上一年的时间恐怕也冲不破吧。因为"魔术师杀手"对魔导不要求任何成果，只钻研如何破解术理上的陷阱，所以才能在这么短的时间拆解防护壁。

但是就算相对时间再怎么短暂，这段时间损失还是足以让现在的切嗣心浮气躁，他在战场上从未落到如此被动的形势之中。即使他终于从后门进入中庭而到达主屋的时候，急迫的焦躁依然烧灼着他的胸口。虽然冒着丧命的危险穿过防御结界，但是也不保证这里不会像间桐家一样，查不出任何关于爱莉斯菲尔绑架的蛛丝马迹。

　　应该比切嗣更早开始追踪爱莉斯菲尔的Saber肯定也失败了。虽然魔力供应的通路还有感觉，她没有被击败。但是如果爱莉斯菲尔已经被平安救出来的话，她应该会启动发信器，将所在位置的情报传给切嗣才对。既然没有消息，只能判断Saber的追击也宣告失败。

　　切嗣小心翼翼地拆除窗缘上的封印，利用玻璃刀打开内锁，终于踏进了远坂家内部。屋内没有点灯，悄然无声，好像一个人都没有。但这毕竟是一间大宅子，他无法立即判断是不是真的没人。时臣是一位召主，一定比间桐家的长男更加谨慎细心。切嗣已经做好心理准备，双方如果打了照面的话很有可能会开战，到时候为了应付Archer，也需要把Saber叫来，他只好再消耗令咒使用强制召唤了。

　　Archer的战斗力到现在还是未知数，切嗣很想尽量避免让Saber与他正面冲突，但是现在的状况不容许他选择战略。虽然他仍然希望至少等到确定爱莉斯菲尔人在哪里之后再行进攻，但是万一抓住爱莉斯菲尔的是切嗣现在没有注意到的敌人，而他又与间桐或是远坂对决而大伤元气的话，可就完全着了敌人的道。尽管叫人恼怒，但现在最糟糕的情况还没发生，必须小心注意。

　　当切嗣走进某间伸手不见五指的房间时，他的嗅觉察觉到无法等闲视之的气味。

血腥味。虽然已经过了很长的时间，但是绝对不会错。

切嗣将魔力集中在眼睛的肌肉上，使用夜视魔术，室内装潢立即变得清晰可见。这里好像是客厅之类的地方，桌上还放着两人份的茶具。

豪华的地毯正中央，留有大量的血迹。

切嗣仔细检视已经干涸的血痕。虽然不是飞溅出来的血滴，但是这种出血量也绝非一般的伤势。依照他的经验来看，这应该是人被刺杀之后倒地而造成的血迹。

为了预防万一，切嗣继续把屋内其他房间搜索了一遍。但是搜索的目的已经逐渐从掌握状况转移到寻找居住在此的人了。

不管是作为媒介或是作为术法的起点，血液在魔术当中是一种非常重要的要素。一名魔术师如果没有任何魔术上的目的，是不会放任任何一滴血迹残留在自己的领地内而置之不理，这可以说完全不符合魔术师的规矩礼范。而且根据切嗣的事前调查，远坂时臣这个男人做事更不可能这么粗陋。

最后当切嗣轻易走进位于地下室的工房时，他的预感终于变成确信。如果在家的话当然不用讲，就算出门不在，魔术师也不可能让他人任意踏进自己的工房。时臣恐怕不仅不在家，甚至还无法掌握自己家里的情况。

为了进一步让确信变成实证，切嗣从口袋里拿出一管他用眼药水容器随身带着的试剂。这种试剂是用女性梦魇的爱液为基剂所制成，会与男性的血液或是新陈代谢废弃物产生反应，能够进行详细的识别。

首先他在洗手台确认试剂的反应，然后再去测试客厅里的血迹，两者显然是一致的。这几天当中在洗手台刮胡子的只有一个人，而客厅的地毯沾满了那人的血……

这么一来几乎确定远坂时臣已经死亡或是淘汰了。

事情的发展完全超出意料之外。切嗣尽量让自己冷静下来，思考状况。

屋内没有战斗迹象，留在桌上的茶具反而显示出主人正在招待客人。时臣在这个房间与某个他当作客人招待的人物气氛平和地畅谈之后，遭到重伤或是致命伤害而失血。看来偷袭魔术师似乎不是切嗣的个人专利。

但是弓兵从灵那时候在做什么？他应该不会坐视召主遭遇险境，如果真有这种可能性的话……那就是时臣这位召主对 Archer 已经没有利用价值的时候。如果 Archer 是与下一位契约者串通好谋害时臣的话，这样的结局就说得过去了。

推理之后思考出来的回答沉重无比。切嗣感觉自己的五脏六腑好像全都翻了过来。

远坂时臣的旧知，把他当作宾客招待并且有可能在他面前露出可乘之机的人物。

很有可能在现在重新获得令咒，成为 Archer 新召主的人——也就是说过去曾经失去从灵丧失召主权限，却还活着的人物。

不用多说，这种人选只有一个人。如果那个人再度得到从灵，在圣杯战争中重起炉灶的话，他当然会计划抓住爱莉斯菲尔，把"圣杯容器"扣在自己的手中。

就这样——卫宫切嗣终于明白他与言峰绮礼的对决是避无可避了。

−30：02：45

虽然时值深夜，但是山丘上的教会却灯火通明。

站在上帝赐予地上世人安息的神之家前，一丝丝矛盾的感伤让间桐雁夜停下脚步。

祈祷的场所只是徒具形式，人们却如此单纯，轻易接受这种抚慰而感到心安。雁夜嘲笑这份单纯，但是另一方面他也能够体会人们太渺小无力，不得不依赖这种欺瞒。

如果有人告诉他人世间所有苦难全都是上帝的考验，他心里一定会涌出一股冲动，想要亲手掐死上帝与他的使徒。但是如果问他，这双平凡的手究竟真能救得了谁——想到自己逐渐腐朽的身体，雁夜只能无言了。

雁夜正一步接着一步慢慢地向圣杯靠近，体内刻印虫侵蚀他生命的速度更变得加快速。只要仔细听，仿佛能听见吸吮他全身血液、啃咬他全身骨髓的虫子们正在鸣叫。对雁夜来说，刻印虫不断折磨他的阵阵刺痛早已经和呼吸或是心跳一样，成为肉体的一部分。他的意识总是朦朦胧胧，只要一恍神，就连时间的流逝都变得模糊不清。

他过去曾经发誓绝不放弃，现在消极的想法却像是从裂缝渗出的水流一样，缓缓侵蚀他的心。

我还能再战几回？

我还能再活几天？

如果想要亲手拿到圣杯，赢得樱的救赎。最后的希望是不是真的只剩下期待奇迹发生？

雁夜是不是应该祈祷呢？眼前高耸屋顶上的十字架正超然地俯视着他这只在地上爬行的蝼蚁，他是不是该弯下膝盖，对十字架诉说自己的渴望呢？

"开什么……玩笑……！"

雁夜斥喝自己，咒骂自己竟然变得如此卑微软弱。

他大半夜跑到教会来不是为了追求愚不可及的救赎，而是为了完全相反的目的。今天晚上雁夜是为了痛饮仇敌鲜血而来的。如果言峰绮礼说的话可信，此时在礼拜堂里等着雁夜到来的就是远坂时臣本人。雁夜走到祭坛前不是为了忏悔或是礼拜，而是为了结束这段深恨仇怨。他曾经一度败在时臣手下，是言峰绮礼为他安排这场本没有机会的复仇战。今天晚上是他打败这个可恨魔术师的最后机会，绝对不可以掉以轻心。

心中燃起的憎恨火焰将肉体的苦痛、纠葛与绝望全都烧得灰飞烟灭、一干二净。对现在的雁夜来说，这才是超越任何信仰的救赎与安慰。

在前一回战斗中没能报仇的记忆在雁夜的内心点燃更加强烈的怒火。

雁夜满脑子只想着把夺走了葵又舍弃樱的时臣打倒在地的那一瞬间，光是这样想就能让他忘掉圣杯的遥不可及与落败的恐惧。只有成为一架受到憎恨驱使的机器，间桐雁夜的心灵才能从一切痛苦辛酸当中解脱。他的嘴边甚至泛起微笑，现在就算是解放 Berserker 他也不怕。如果这样可以挖出时臣的心脏，让自己沾满时臣身躯喷溅出来的鲜血，他觉得一切都是值得的。

如同野兽般的喘息让雁夜的双肩上下起伏，他走到教会门前，全身充满杀意，缓缓推开大门。

烛台的柔和火光照亮了整个礼拜堂，但是空气却像是冻结一般完全静止。这种有如坟场般气氛虽然让雁夜感到有些奇怪，但是当他一看到坐在信徒席最前排那个人的后脑勺时，奇怪的感觉马上就被翻涌而出的愤怒所掩盖。

"远坂、时臣！"

雁夜带着杀意喊道，对方却没有回应。雁夜把这完全的沉默认为是那名魔术师一贯的傲慢态度，迈开步伐走过走道，缩短与时臣之间的距离。

"你还以为你杀死我了吗？时臣。你想得太简单了，在让你受到报应之前，我会一次又一次地……"

时臣依旧将没有任何防备的后背对着雁夜，毫无反应。就连雁夜都感到怀疑与警戒，放慢脚步。

时臣该不会在这里放个假人偶想要陷害自己吧。但就近一看，那个人的肩宽、仔细整理过的卷发光泽与头发之间的耳朵形状确实都是远坂时臣本人没错。雁夜绝对不会看错过去他深深烙印在脑海中的仇敌模样。

雁夜走到只要伸出手就可碰触到时臣的距离，停下脚步。他凝视着时臣动也不动的背影，心中满是愤恨，还有莫名的犹疑与不安。

"远坂——"

雁夜伸出手。

前天时臣的防御火焰挡下雁夜所有攻击。他的本能回想起那火烫的触感，不敢直接碰触时臣。但是时臣的后颈就在前方几厘米处，雁夜实在难以抗拒想要掐住那只脖子一把折断的冲动——他颤抖的指尖终于触摸到那绑着潇洒领带的衣襟。

只是这样轻轻一碰，靠在信徒席上的尸体便失去了平衡。

迟缓的四肢如同断了线的人偶。远坂时臣的冰冷尸首像积木崩垮一般倒下，翻倒在雁夜的双臂中。

"——"

这时候雁夜感到一片混乱与震惊，破坏力就有如一把铁槌重重打在脑门上。

如同空壳般空洞的死亡表情是真的，那张脸千真万确就是远坂时臣。这时候雁夜只能接受时臣已死的事实。

从前睥睨自己的傲慢冷笑，彬彬有礼却又冷酷的语气与诸多冷嘲热讽，这些关于远坂时臣的回忆完全占据雁夜的思考能力，然后爆裂。这阵爆裂足以让充斥在雁夜心中所有以时臣为原点的情感、动机与冲动完全飞到九霄云外去。

"这……这是为什么？"

雁夜抱着不会说话的尸体呆站着，对自己内心的空洞竟然如此庞大感到一阵愕然。这个空洞实在太大，就连间桐雁夜自身的人格轮廓都被破坏，变得难以辨识。

这个时候，雁夜才初次惊觉他从未预测或是想象过当他失去仇敌远坂时臣这个要素之后，自己会变成什么样子，现在发觉为时已晚。难以压抑的震撼甚至让雁夜无法立即回想起自己究竟为什么与时臣对抗以及为什么参加圣杯战争等这些最根本的事情。

然后——

"……雁夜？"

雁夜一直到最致命的瞬间都没能发现此时有另外一名访客刚刚走进礼拜堂，用他最怀念、最心爱的声音从背后呼唤他。

雁夜一脸茫然地回过头，他完全不明白现在是什么情况，为什么远坂葵会站在那里。如果他的思绪还能正常运作的话，应该就能想到如果不是有人把葵找来，她根本不可能到这种地方来；也能想到只有一个人可以事先把时臣的尸体摆在礼拜堂——然后就不难想到杀死时臣的嫌犯是什么人。

"啊——呃——"

但是雁夜满脑子已经乱成一团，连一句像样的话都说不出来，只能发出没有意义的呻吟声。就在他摇摇晃晃向后退的时候，原本抱在怀中的时臣尸首就像个大布袋似的跌在礼拜堂的地板上。葵凝视着自己丈夫现在的模样，过了良久一动也不动。

"葵……我……"

葵不发一语，就像被磁铁吸过去一般走向时臣的尸体。雁夜感受到莫名的压迫感，继续往后退，退了没几步就被身后的障碍物挡住。挡住他的是礼拜堂的祭坛，耸立不动的庄重祭坛仿佛就像是要对雁夜给予制裁一样。

雁夜无路可逃，只能看着葵屈膝抱起时臣的头。雁夜不了解为什么葵要这么做——不，他不愿意去理解。为什么她对自己这位童年玩伴看都不看一眼，只凝视着时臣的尸体；为什么她的脸颊上潸然泪下。雁夜抵死不去理解这些事的原因，因此他连一句话都说不出来。

如果他没有记错的话——自己就是为了不让这世上最爱的女性落泪，才会拼死作战到今天，可是——

既然这样的话，那现在在他眼前哭泣的这名女性是谁。光是接受这个事实，间桐雁夜可能就要崩溃了。

她的眼中没有雁夜，好像把雁夜当成空气一样，只是一个劲儿地对丈夫的尸体掉眼泪。她这名悲剧女主角已经成为世界运转的中心点。被她忽视的雁夜等于是舞台上的灰尘或是背景道具上的污渍一样，毫无意义。雁夜感到一阵错觉，好像自己的位置与存在都被抹消，这让他惊恐不已。他甚至有一种冲动，想要马上大喊大叫一阵，吸引那位女性的注意，可干枯的喉咙连一点声音都发不出来。

当雁夜看到葵终于抬起头望着自己的时候，他才惊觉——视若无睹才是无上的慈悲。如果那时候他就从世界上消失的话，或许还留有几分希望。

"……这么一来，圣杯就等于落到间桐家的手上了。你满意了吗？雁夜。"

这是他熟悉的声音，却是他不熟悉的语气。因为雁夜心地善良的童年玩伴从未在他面前憎恨或是诅咒过任何人。

"我——也是因为，我——"

为什么我要受到她的责难？远坂时臣就是万恶的根源，如果没有他的话，一切都会很美好的。这个人为什么会死在这里？满心疑惑的应该是雁夜才对。

"究竟是为什么……"

但是女性根本不给雁夜开口说话的机会，反而继续问道："间桐家从我身边夺走樱还不够吗？竟然在我面前杀死他……为什么？难道就这么恨我们远坂家吗？"

真是莫名其妙。

这个女人为什么用与葵一模一样的脸孔、一模一样的声音对间桐雁夜发出如此强烈的憎恨与冰冷的杀意？这个女人究竟是谁？

"是他——都是这家伙的错——"

雁夜伸出软弱无力的颤抖手指，指着时臣的亡骸拼命大声辩白。

"如果没有这个男人的话——就不会有人遭遇不幸了。不管是葵还是小樱应该都会——很幸福——"

"别胡说八道了！"

女子带着如同魔鬼般的表情叫道。

"你又懂些什么！像你这种人……根本从来没有爱过任何人！"

"啊——"

啪地一声。

最后的粉碎声音让间桐雁夜崩溃了。

"我、我有——"

我有深爱的人。

她既窝心，又温柔，我希望她能够成为世界上最幸福的人。

只要是为了她，连性命都可以不要。就是这种念头让雁夜忍过一切痛苦，他一直忍耐忍耐忍耐忍耐忍耐忍耐忍耐忍耐忍耐忍耐忍耐忍耐忍耐忍耐忍耐忍耐到现在所以绝不允许任何人否定我是为了什么是谁害的才拼死干脆你去死吧胡说胡说胡说我有喜欢的人的确我有我一定有——

"我……我有……喜欢的人……"

雁夜一边用嘶哑的嗓音喃喃自语，一边在双手上使力。

为了反过来否定所有否定他的话语，为了要让那张嘴巴闭上，他用力掐住发出那道声音的喉咙。

女人为了想要呼吸而反复开阖嘴巴的模样就好像是从水槽里捞出来的鱼。即使如此，她口中看起来好像还在咒骂雁夜，让他更加激动。

如果不叫她安静下来的话，一切就完了，从以前到现在的一切都会化作泡影。他绝对不允许这种事情发生。

事实上疯狂已经是拯救间桐雁夜的最后堡垒。但是就在紧要关头，他连这最低限度的希望都没抓到——到最后，雁夜还是发现了女人因为缺氧逐渐变成青紫色的脸庞实在太像他深藏在心底的挚爱面貌。不，其实根本就是那个人。

"……啊。"

葵的咽喉终于从松脱的双手中滑落。

她颓然倒地，完全不醒人事，动也不动。雁夜已经没有冷静的判断力去确认她是生是死，在他眼里，眼前的人与时臣一样是一具没了气息的尸体。

"啊啊……"

他看着刚才还使尽力气紧紧掐住葵的脖子的双手。这十只僵硬的手指头抹灭了他的珍爱、他生命的意义，仿佛就像是别人的手指一般，但是这的的确确是他自己的双手，毫无怀疑与欺瞒的余地。

雁夜觉得这双手就好像是虫子一样。颤动的手指看起来与在小樱的肌肤上来回爬动的淫虫一模一样。

"啊啊啊啊啊啊啊啊啊啊啊啊啊啊啊啊啊啊啊啊啊啊啊！"

他猛抓已经残废的脸庞。

用力拉扯如同稻草般干燥的头发。

他连从喉咙深处发出的尖叫声究竟是悲鸣还是恸哭都分不出来。

雁夜丧失最后一点理性，单纯只凭借着兽性本能寻求逃避，跌跌撞撞地奔出礼拜堂。

唯有暗无星辰的黑夜迎接这个失去一切的男人。

冬木教会的礼拜堂里有一个只有司祭才知道的秘密。

区隔礼拜堂与内部司祭室的墙壁事实上只有隔间的功能。在构造上特意做成可以从司祭室清楚听到礼拜堂中发出的声音。

所以言峰绮礼才能舒舒服服地坐在司祭室的椅子上，将礼拜堂中发生的悲剧全都尽收耳底。

绮礼的表情好像陷入深沉的思考，站在他身旁的黄金从灵对他问道："虽然只是一出无聊的烂戏。不过以初次尝试来说，这出剧本写得还算不错——绮礼，有什么感想？"

"……"

绮礼沉默地看着半空中，一边从手中的玻璃杯喝下一口酒。

这种感觉真是不可思议。他心中所描绘的草稿借由有血有肉、有理性、有灵魂的人类原原本本地重现出来了。

没有任何突发状况。间桐雁夜与远坂葵完全听信绮礼告诉他们的事情，依照指定时间在最佳的时机点来到教会见了面，时臣尸体这项小道具也一如预料般发挥效果。因为绮礼已经事先运用治疗魔术调整尸斑与尸体的僵硬程度，任何人都看不出来其实这是一具死亡已经超过半日的尸体吧。

如果事情的发展都一如预期的话，应该就没什么值得惊讶的——但是一旦看到了最后，却有一种难以言喻的兴奋感。

如果真要形容的话，应该是一种真实感吧。

刚才的悲剧场景不是演员能演出来的虚假故事。这一切虽然是绮礼一手引导造成，但是显露出自我内在的两个人互相冲击溅出火花的灵魂光辉却是千真万确的。这种新鲜度、这种临场感，别说是预测，他本来连一点期待都没有。

绮礼不晓得该如何回答吉尔伽美什的问题，他重新品尝含在口中的芬芳美酒。没错，说到最让人惊讶的事情，应该是这杯酒。

"……为什么呢？之前我也喝过这种酒……那时候没有发现这种酒的滋味竟然这么醇厚。"

绮礼表情严肃地注视着酒杯。英雄王露出微笑。

"酒品的风味会因为下酒菜的不同而产生意想不到的变化。绮礼，看来你似乎开始领会增广见识的意义了。"

"……"

吉尔伽美什龙心大悦。绮礼想不到有什么话可以回答他，放下空酒杯，站起身来。想到接下来还有很多事等着进行，他不能一直这么悠悠哉哉。葵还倒在礼拜堂里，她的状况一定需要紧急处理。还要把逃走的雁夜抓回来，交给他下一个任务。

但是绮礼走出司祭室之前又回头朝空酒杯看了一眼，这时候他才发现自己竟然对已经喝完的酒有一种眷恋的感觉。

他有一种深切的渴望——这么好喝的酒，他一定要再品尝一次。